Susanna Piontek

Rühlings Erwachen

und andere Geschichten

Das Leben hat kein Geländer.

(Carl Sternheim, Bürger Schippel)

Susanna Piontek

Rühlings Erwachen

und andere Geschichten

Verlag für Berlin-Brandenburg
Potsdam

Bibliografische Information Der Deutschen Bibliothek

Die Deutsche Bibliothek verzeichnet diese Publikation in der Deutschen Nationalbibliografie; detaillierte bibliografische Daten sind im Internet über http://dnb.ddb.de abrufbar.

ISBN 3-935035-70-5

Lektorat und Satz:
Annette Gerdes, 77716 Fischerbach

Zeichnungen:
Anne Karge, 66123 Saarbrücken

1. Auflage 2005

Printed in Germany.

Vorwort

Über die Kurzgeschichte, die Verfasserin und eine gelungene Allianz

In den siebzehn hier versammelten Prosastücken scheint die Zeit – unsere Zeit – selbst zu uns zu sprechen. Natürlich ist es die Erzählerin, Susanna Piontek, die sich mittels einer der jüngsten Formen der deutschen Erzählkunst direkt an uns wendet, nachdenklich und betroffen macht und uns nach dem oft überraschenden Schluß erst die Folgerichtigkeit der Handlung und die Stimmigkeit der Figuren bewußt werden läßt. Sie überrascht uns, wie es die Gattung Kurzgeschichte beinahe erfordert, allerdings ohne den Leser auch nur einen Augenblick unfair zu täuschen.

Ihr Medium, das sie immer wieder mit neuen Einfällen variiert und belebt, ist eben genau die Kurzgeschichte. Diese war vor dem zweiten Weltkrieg im deutschen Sprachraum kaum geläufig. Novelle, Anekdote, der ältere Bruder Roman dominierten. Auf den totalen Zusammenbruch der Gewaltherrschaft und die darauf folgende Abrechnung schloß sich die Suche nach neuen, wahren, haltbaren Werten an, die die verlogenen ablösen sollten. Es entwickelte sich das Verlangen nach einer unverbrauchten literarischen Form, die knapp, wahrheitsgetreu, hautnah der Wirklichkeit angepaßt, die Kriegs- und Nachkriegserlebnisse auch psychologisch verarbeiten konnte. Erzähler wie Heinrich Böll, Wolfgang Borchert, Günter Grass, Günter Kunert, Siegfried Lenz, Heinz Risse, Wolfdietrich Schnurre, ja fast alle

Mitglieder der Gruppe '47, später Gabriele Wohmann, bemächtigten sich dieser neuen Form und führten sie in alle Medien ein, die ihnen damals zugänglich waren. Dabei stützten sie sich zum Teil auf amerikanische und russische Vorbilder.

Es war ein ganz bewußtes Aufgreifen jener Form. Fast alle der oben genannten deutschsprachigen Autoren instrumentalisierten die Kurzgeschichte nicht nur für ihre oft bekenntnishaften, dem Leiden und zagender Hoffnung abgewonnenen fiktionalisierten Erlebnisse, sondern sie sondierten auch die Beweggründe, die gerade die Kurzgeschichte als die ihnen gemäße Ausdrucksform erscheinen ließ. „Der Grund dafür lag im Stofflichen – in der Überfülle an peinigenden Erlebnissen aus den Kriegsjahren. Schuld, Anklage, Verzweiflung – das drängte zur Aussage. Zu keiner ästhetisch verbrämten, auch zu keiner episch gegliederten, nein: zu einer atemlos heruntergeschriebenen, kurzen, mißtrauisch kargen Mitteilungsform. Da kam die 'Entdeckung' der short story eben zur rechten Zeit." (Wolfdietrich Schnurre). Manfred Durzak, ein Vorkämpfer für die Anerkennung der künstlerischen Wertigkeit der Kurzgeschichte, hat in vorbildlicher wissenschaftlicher Forschungsarbeit mehr als zwanzig solcher eindringlichen Bekenntnisse zu diesem Paradigmenwechsel in der Erzählform, teils durch Interviews, zusammengestellt.

Fast untrennbar von solcher Befürwortung der Kurzgeschichte drangen jene Schriftsteller und ihre Interpreten auch zu einer Wesensbestimmung der gerade entdeckten Form durch. Diese Analysen gehen selbstverständlich im Detail auseinander, aber stimmen in der Herausschälung der Grundzüge der Gattung überraschend überein. Die Kurzgeschichte, so meinen sie, vermittelt Alltagserfahrungen, wendet sich direkt an den Leser – der Autor ist mitteilungsbedürftig –, sie ist wirklichkeitsnah und räumt auch deshalb mit Helden und heldischen Gesten auf, erlaubt eine ganze Palette von Variationsmöglichkeiten und, konsequent ehrlich und verlogenheitsfeindlich, geht auch dem Grau und Gräulichen des Alltagslebens nicht aus dem Wege. Auch sollte sie nicht länger sein, so Arno Schmidt etwas ironisch, als 50 Seiten.

Heinrich Böll, seine Vorliebe für die Kurzgeschichte motivierend, sagt kurz und bündig:

„Diese Form, die Kurzgeschichte, ist mir die liebste. Ich glaube, daß sie im eigentlichen Sinne des Wortes modern, das heißt gegenwärtig ist, intensiv, straff. Sie duldet nicht die geringste Nachlässigkeit, und sie bleibt für mich die reizvollste Prosaform, weil sie auch am wenigsten schablonisierbar ist."

Seit jenen Gründerjahren ist die Kurzgeschichte aus der deutschsprachigen Literaturgeschichte nicht wieder wegzudenken. Sie tummelt sich in Feuilletons, sammelt sich an in Anthologien, führt zu Konkurrenzausschreibungen und -lesungen, etwa in Leipzig oder Innsbruck, und ist fester Bestandteil der Leselisten von höheren Schulen bis zu Hauptseminaren. Ja, manchmal werden dabei sogar aus interpretierenden Studenten – das habe ich in einem meiner Seminare in Amerika selbst erlebt – Verfasser druckreifer und vereinzelt gedruckter neuer Kurzgeschichten.

Heute ist also diese Erzählform in Deutschland fest verankert, zur Tradition geworden. Diese Tradition führt Susanna Piontek fort – und weiter.

Im Anschluß an eine Lesung teilte sie mit, daß sie schon als Kind ihren Spielkameraden Geschichten erzählte. Aus ihr, Vertreterin einer späteren Generation, spricht also derselbe Mitteilungsdrang wie bei ihren Vorgängern. Selbstverständlich sind es nicht Kriegserlebnisse, die ihr, wie damals den '47ern, das Schreiben abfordern. Aber sie erlebt und durchlebt eine Zeit, die uns (wie es Erich Kästner voraussah) vielleicht die kleine Freiheit schenkte, uns aber – siehe die sozialen Mißverhältnisse – die große Freiheit vorenthielt.

Nicht nur ihre Figuren bewegen sich zwischen Bangen und Hoffen, sondern auch ihr – und unser – Zeitalter. Wiederum sind es zumeist Alltagssorgen, mit denen sich ihre Gestalten konfrontiert sehen; keine welterschütternde Katastrophe wird eintreten, wenn die Familie in der Erzählung „Eis oder Pudding“ ihre Mastkur weiterhin verfolgt. Auch sind es keine himmelsstürmenden Hoffnungen, die Pionteks Gestalten mit sich herumtragen. In der Erzählung „Rühlings Erwachen“ hat sich der Protagonist fast schon mit seinem steten Abstieg abgefunden, als ein an sich schockierendes Erlebnis ihn zur Umkehr seines Lebenswandels bewegt. Bei Piontek ist es die kleine Hoffnung, über die auch schon ihr schlesischer Landsmann Gerhart Hauptmann in den „Webern“ sagen läßt: „A jeder Mensch hat halt 'ne Sehnsucht.“ Aber gerade weil ihre Gestalten sich nicht in den höheren Sphären – seien es gesellschaftliche oder materielle – bewegen, kann sich der heutige Leser sofort in sie versetzen. Und trotzdem vermittelt Piontek oft mehr als einen Wirklichkeitssplitter kontemporärer Existenzen. In der Erzählung „Kinderschicksale“ z.B. enthüllt sie die Schattenseiten des Alltags eines kleinen Kindes, erweitert aber darüber hinaus – mittels eines einzigen Hinweises auf ähnliche Mißstände auf einem anderen Kontinent – die von ihr entworfene Momentaufnahme zu einem Panorama, einen Mikrokosmos zu einem Makrokosmos. Auch damit steht Piontek fest in der bisher kurzen Tradition der deutschen Kurzgeschichte. Borcherts und Bölls Kriegsheimkehrer sind nicht Beispiele von *einem* Außenseiter, sondern von *dem* Außenseiter schlechthin.

Mit dem Werdegang der Kurzgeschichte hat sich Susanna Piontek nach eigenen Angaben nie befaßt. Die theoretische Seite dieses Genres hat sie bewußt ignoriert, um unvorbelastet und mehr „gefühlt“, als nach bestimmten Kriterien konstruiert, ihre Geschichten zu Papier bringen zu können. Ihre Schule lag nur im Lesen von Kurzgeschichten. Trotzdem bestätigen ihre Erzählungen die oben zitierten Merkmale. Keine Erzählung also – mit Ausnahme der letzten, auf die noch einzugehen sein wird – verläßt den Boden des Alltäglichen und Realen. Ihre Lust an der Mitteilung pulsiert, manchmal atemlos, durch die Geschichten, nach Helden und Heldinnen sucht man vergeblich. Für die meisten Gestalten gilt das Rilke-Wort: „Wer spricht von Sieg? Überleben ist alles.“ Zugegeben allerdings, daß in der Erzählung „Andere Umstände“ eine ganze Portion von Selbstlosigkeit oder von Altruismus und Entsagung steckt, ein Heldentum, wenn man so will, von „alltäglichen Menschen“. Diese Geschichte ist von Lesern der Zeitschrift „Kurzgeschichten“ zur Geschichte des Monats Mai 2004 gewählt worden.

Auch die von Böll konstatierte Dynamik der Kurzgeschichte („die Prosaform...die am wenigsten schablonierbar ist“) kommt bei Piontek, meisterhaft gekonnt, zur Geltung. So experimentiert die Autorin immer wieder mit allen möglichen Formen der Kurzgeschichte. Der Protagonist in der Erzählung

„Ist es möglich, daß wir uns kennen?" wird restlos durchleuchtet, obwohl Piontek sich hier eine vorwiegend distanzierte Perspektive und objektive Erzählhaltung zu Nutze macht. Genauso charakterenthüllend ist die Form einer Brief-Erzählung, ist doch der Brief potentiell die intimste Form der persönlichen Aussage. Zwei Erzählungen kommen einem Krimi nahe, wobei die unbewältigte Vergangenheit beide Male als Movens fungiert. Zu Recht erfolgte zuerst die Veröffentlichung in einer Krimi-Zeitschrift. In der letzten Erzählung „Weihnachtsglöckchen" bricht Piontek – ganz individuell – mit der Form. Es geschieht etwas Märchenhaft-Wunderbares. Aber gerade dadurch stellt sie das Wunder Weihnachten heraus.

Auch im Stil, die Erzählfolge belebend, kostet Piontek die Variationsmöglichkeiten der Gattung aus. Da wechselt sie ab zwischen Fachsprache – siehe die verbale Obduktion in „Rühlings Erwachen" – und dem bedrohlichen Jargon eines „Pubertäters" in der Erzählung „Das böse Kind", zwischen bierfröhlicher Sprache bei einem Klassentreffen und der schnoddrig-nachlässigen Erzählweise einer jungen Witwe, mit der man trotz ihrer berechnenden Vorgehensweise Mitleid empfindet. In der Erzählung „Ich hab ihn gleich erkannt" bewegt sich die Piontek treffsicher gleich auf drei Sprachebenen, zwischen den stereotypen Gesprächsfetzen während einer zahnärztlichen Behandlung, der gepeinigten Unterhaltung der Ärztin mit ihrem Freund, und dem durch die Verfasserin modulierten hörbaren Verstummen der Protagonistin.

Das Individuelle der Piontekschen Darstellungsweise ist auch in anderen Aspekten unübersehbar. Ihr Humor begleitet sie, sogar wenn sie uns in ein eher gruseliges Ambiente einführt. Sie begrüßt uns am Eingang zu einem symbolischen Totenreich mit der Feststellung: „Man braucht kein Haustier zu besitzen, um einen Kater zu haben.“ Ganz unterschwellig spürt man auch, trotz ihrer oft unsentimentalen Sprache, daß ihr die Geschicke ihrer Gestalten nahegehen. Sie will uns keine Lektionen aufbürden, aber man spürt, daß sich ihr Mitgefühl, wie z. B. in der Geschichte „Kinderschicksale“, wohl nicht unbeabsichtigt auf uns überträgt. Das zeigt sich auch in der Tatsache, daß sie sozusagen ihre Geschöpfe nicht gleich in ihre Nichtexistenz entlassen kann. Einige tauchen in mehr als einer Erzählung, jedesmal in anderer Beleuchtung, wieder auf. Ganz im Sinne ihrer Partnerschaft mit dem Leser geschieht dies ohne jeden auktorialen Hinweis. Sie überläßt das Herausspüren dieser Querverbindungen dem individuellen Leser. Genauso verläßt sie sich auf die Phantasie ihrer Leserschaft, wenn sie dieselben Motive, wie z. B. die zum Verwechseln ähnlichen Gesichtszüge zweier Gestalten, zum Wendepunkt einer Geschichte macht.

So ist auch dieses Vorwort gemeint. Wo es Ansätze zu einer Interpretation enthält, da sind es eben nur Ansätze. Im Sinne der Gattung Kurzgeschichte und der Schriftstellerin Piontek, die hierin ebenfalls eine Partnerschaft eingegangen sind, wird jeder Leser ermutigt, seinen eigenen Zugang zu diesen Erzählungen zu finden. Kurzum, diese originellen Kurzgeschichten sprechen für sich.

Guy Stern *Wayne State University*

Andere Umstände

Als Aaron am Abend nach Hause kam, merkte er sofort, daß irgend etwas nicht stimmte. Es war alles ruhig. Zu ruhig. Nicht das übliche Geschrei der beiden Töchter. Nicht die liebevollen, doch manchmal auch ungeduldigen Versuche von Hannah, die beiden Kleinen davon zu überzeugen, daß es wieder einmal Zeit war, ins Bett zu gehen.

„Hannah?" fragte Aaron in die Stille. Keine Antwort.

Wo mochten sie und die Kinder sein? Er bemühte sich, die aufkeimende Unruhe niederzukämpfen. Vielleicht hatte sie den Bus genommen und war mit den Mädchen zu ihren Eltern nach Haifa gefahren. Aber um diese Uhrzeit? Aaron dachte über andere Möglichkeiten nach, als er das Geräusch hörte. Ein Schluchzen, das aus dem Badezimmer kam.

„Hannah?" fragte er noch einmal. Sein Herz klopfte, als er die Tür öffnete.

Dampfschwaden ließen seine Brille beschlagen und raubten ihm die Sicht. Seine Frau saß in der Badewanne, das dunkle nasse Haar klebte an ihrem Kopf, das Gesicht war gerötet und vom Weinen verzerrt. Trotz der Hitze zitterte sie.

Aaron legte seine Brille beiseite und kniete sich an den Rand der Wanne. Als er eine Hand ins Wasser tauchte, schrie er kurz auf und zog sie erschrocken zurück. Hannah schaute mit tränenüberströmtem Gesicht ins Leere und sagte kein Wort. Erneut tauchte er die Hand ins Wasser, langsamer und nun wissend, wie heiß es war. Trotzdem fiel es ihm nicht leicht, sie im Wasser zu behalten. Schwer atmend legte er sie auf ihren Bauch, diesen geschwollenen heißen Leib.

„Hannah, Liebling, was ist mit dir? Warum weinst du? Warum ist das Wasser so heiß? Wo sind die Kinder?"

Noch immer schaute sie ihn nicht an. Wie bei einem Gebet bewegte sich ihr Oberkörper vor und zurück, vor und zurück. Aaron konnte nicht erkennen, ob die Perlen, die an Hannahs Wangen hinunterrannen, Wasser, Schweiß oder Tränen waren. Von ihrem Kinn und ihrer Nasenspitze tropfte es. Sanft drehte er ihr Gesicht in seine Richtung.

„Bitte sag mir, was los ist. Bitte!" Panik breitete sich in ihm aus.

„Du mußt raus aus dem Wasser. Sofort. Es ist viel zu heiß für das Baby. Nun komm." Um seinen Worten Nachdruck zu verleihen, zog er den Stöpsel aus dem Abfluß.

Das gurgelnde Geräusch schien seine Frau in die Realität zurückzuholen. Heiser stieß sie seinen Namen hervor und klammerte sich an ihn. Aaron hielt seine zitternde Frau fest und richtete sich gleichzeitig auf, darauf bedacht, ihr beim Aufstehen zu helfen. Beim Verlassen der Wanne stützte sie sich schwer auf ihn und stand schließlich keuchend und immer noch zitternd auf dem blauen Frotteeteppich, der die Form einer Wolke hatte.

Merkwürdig, schoß es Aaron durch den Kopf. Warum war dieser Teppich blau und nicht weiß, wie es sich für eine Wolke gehörte? Gleichzeitig mußte er daran denken, daß kleine Kinder auf ihren Bildern auch oft blaue Wolken malten, während der sie umgebende Himmel weiß blieb.

Weil Hannah reglos dastand, begann Aaron sie abzutrocknen und sprach dabei beruhigend auf sie ein. Schließlich half er ihr in den Bademantel und legte einen Arm um ihre Schulter.

Behutsam führte er sie vom Bad ins Schlafzimmer. Hannah setzte sich auf den Bettrand, und Aaron kniete vor ihr nieder, während er ihre Beine umklammerte und ihren Blick suchte. Besorgt fragte er nochmals: „Hannah, willst du mir nicht endlich mal sagen, was los ist?"

Seine Frau beruhigte sich nur langsam, das Zittern hatte kaum nachgelassen. Die schweren Brüste über dem gewölbten Bauch klafften aus dem offenen Bademantel. Ihr Körper glühte von dem heißem Wasser.

Ihre Stimme war leise, als sie zu sprechen begann. Die Kinder waren bei ihrer Cousine Lea einige Straßen weiter. Hannah war am späten Nachmittag von der Arbeit nach Hause gekommen. Sie hatte sich auf die Couch im Wohnzimmer gesetzt, ein Glas Saft eingeschenkt und wollte nur kurz verschnaufen und die Post durchsehen, ehe sie die Mädchen abholte. Das Kuvert war unschuldig weiß, und einen Moment hatte Hannahs Herz ausgesetzt, als ihr Blick auf den Absender fiel. Ihre Hände hatten so stark gezittert, daß sie kaum in der Lage gewesen war, den Umschlag zu öffnen. Wie ein Mantra hatte sie die Worte „Bitte nicht" wiederholt, voller düsterer Ahnung. Dreimal las sie den Brief und wollte nicht glauben, daß es *sie* getroffen hatte. So etwas passierte doch immer nur den anderen, nicht ihr. Und nun war es ihr doch passiert. Ihr und Aaron. Schwerfällig hatte sie sich erhoben und ihre Cousine angerufen. Ohne ihr den wahren Grund mitzuteilen, hatte sie Lea nur gesagt, es ginge ihr nicht gut und sie wäre jetzt gern allein und würde sich etwas hinlegen wollen. Ob die Mädchen noch bis zum

Abend bei Lea bleiben könnten? Aaron würde sie dann abholen. Nein, nein, sie brauche sich keine Sorgen zu machen. Es sei alles in Ordnung. Die Hitze und ihr stetig zunehmender Leibesumfang machten ihr zu schaffen. Sie sei erschöpft, und wenn sie jetzt Gelegenheit habe, sich auszuruhen, würde es ihr sicher bald bessergehen.

Hannah wunderte sich später zusammen mit Aaron, wie sie es geschafft hatte, ihren Zusammenbruch auf die Zeit nach dem Telefonat zu verschieben. Auf ihr Geheiß war Aaron ins Wohnzimmer gegangen, um den Brief zu holen, den sie wieder zurück in das Kuvert geschoben hatte, als könne sie so die Annahme ungeschehen machen und das Verhängnis abwenden.

Als Aaron den Brief zu Ende gelesen hatte, war alle Farbe aus seinem Gesicht gewichen. Der Brief fiel zu Boden. Wieder vor ihr kniend, umschlang er seine Frau und preßte das blasse Gesicht gegen ihren gespannten Leib. Der ungeborene und heiß ersehnte Sohn trat und strampelte im Bauch seiner Mutter. Hatte die Hitze des Wassers ihm geschadet?

„Ich lasse ihn mir nicht wegnehmen“, flüsterte Hannah kaum hörbar. „Das können sie nicht tun. Und wenn doch, dann sollen sie ihn nicht lebend bekommen.“

Aaron griff nach ihrer Hand und küßte die Innenfläche. Er stieß einen tiefen resignierten Seufzer aus, als er ihr fest in die Augen schaute.

„So etwas darfst du nicht sagen, Hannah. Noch nicht einmal denken. Wir haben geahnt, daß es so kommen kann. Seit man auf dem Ultraschallbild erkennen konnte, daß es ein Junge wird, haben wir gewußt, daß es uns treffen kann. Auch wenn wir nicht darüber gesprochen haben. Wir haben Glück gehabt mit den Mädchen. Zweimal Glück. Und auch nur, weil es Mädchen sind. Wir sind nicht die einzigen, die es trifft."

„Aber ich will ihn nicht hergeben." Sie schrie diese Worte fast und legte schützend ihre Hände auf den Bauch. „Ich will nicht, ich will nicht."

Aaron setzte sich neben seine Frau auf die Bettkante und nahm sie sanft in den Arm.

„Bitte, Liebling, beruhige dich. Es hat keinen Sinn. Wir können nichts dagegen machen. Andere bekommen so einen Brief und wissen bis zur Geburt nicht, ob es ein Junge oder ein Mädchen wird. Wir können uns sogar psychisch darauf einstellen. Einem Arbeitskollegen und seiner Frau ist es auch passiert. Schon vor fünf Jahren."

„Und? Wie kommen sie damit zurecht?" wisperte Hannah.

„Gut", versuchte Aaron ihr Mut zu machen. „Viel besser als erwartet. David hat sich prächtig entwikkelt. Erst vor kurzem habe ich mit Eliezer darüber gesprochen. Glaube mir, nach einer Weile denkst du nicht mehr daran. Immer wieder wird er darauf angesprochen, wie ähnlich David ihm sieht. Es weiß ja auch kaum einer, daß er eines von diesen Tauschkindern ist.

Hannah, erinnere dich doch einmal, wie wir selbst die ganze Sache noch vor einigen Jahren gesehen haben. Dieses Gesetz wurde schließlich mehrheitlich verabschiedet. Weißt du noch, wie gejubelt wurde, als die Palästinenser zugestimmt haben? Und du kannst sagen, was du willst, es ist erfolgreich. Zusammen mit dem Rückzug aus den besetzten Gebieten hat es uns endlich Frieden gebracht. Das Los ist diesmal auf uns gefallen. Hannah, wir werden einen Sohn haben, wir werden ihn großziehen und ihn lieben, so wie wir unsere Töchter lieben. Und genau so wird irgendeine palästinensische Familie unseren Sohn lieben. Glaube mir. Die Lebensbedingungen drüben haben sich in den letzten Jahren so sehr verbessert. Und es ist unser Beitrag zum Frieden. Versuch es doch so zu sehen. Mittlerweile sind es schon Tausende Jungen, die nach der Geburt ausgetauscht wurden. Sie alle sind Friedenstauben. Sieh es doch so, Hannah. Es gibt keine Attentate mehr. Der Haß hat nachgelassen. Die Angst ist zu groß, die eigenen Söhne könnten getroffen werden. Auf beiden Seiten."

Hannah lehnte müde ihren Kopf gegen Aarons Schulter. Das Baby strampelte nicht mehr so stark; sie fühlte eine große Ruhe über sich kommen.

„Und dann hat er mir einen Heiratsantrag gemacht."

Frau Caspari ließ sich diesen Satz auf der Zunge zergehen. Die hellgrauen Augen waren erwartungsvoll auf Lotte gerichtet.

So war es immer. Frau Caspari legte Kunstpausen ein, wartete, bis Lotte eine Bemerkung gemacht oder eine Frage gestellt hatte und setzte dann neu ein. Wieder für einige Minuten bis zur nächsten Pause.

„In welchem Jahr war das noch mal?" fragte Lotte höflich.

„1962. Am 3. Juni 1962. Es war an einem Montag, und Papst Johannes, der dreiundzwanzigste, ist an diesem Tag gestorben. An Magenkrebs, der Ärmste. So einen Tag kann man natürlich als gute Katholikin nicht vergessen."

Mittlerweile war Frau Caspari bei ihrer dritten Eheschließung angelangt.

In ungefähr 10 Minuten würde sie auf den Tod ihres einzigen Kindes zu sprechen kommen. Dann wäre wieder eine Aufmerksamkeitsbezeugung angebracht. Bis dahin erlaubte Lotte ihren Gedanken auf Wanderschaft zu gehen. Das konnte sie gut. Konzentriert schauen und in Gedanken doch ganz woanders sein. Wie durch Watte drangen einzelne Wortfetzen zu ihr, und sie bemühte sich zu lächeln.

Mein Gott, wie oft hatte sie diese Geschichten nun schon gehört! Wie oft war sie überhaupt schon bei Frau Caspari gewesen! Irgendwann hatte Lotte aufgehört zu zählen. Frau Caspari war ein besonders harter Brocken, und Lotte fragte sich, wie lange sie das noch mitmachen sollte.

Mit den anderen klappte es besser, da hatte sie mehr Erfolg, aber wie heißt es so schön? Gut Ding will Weile haben. Außerdem würde es sich hier besonders lohnen.

Frau Caspari hatte das Kunststück vollbracht, sich viermal gut zu verheiraten und alle ihre Ehemänner zu überleben. Auf diese Weise wäre Lotte auch gern vorgegangen, aber dazu war sie zu unansehnlich. Nur wenige Männer hatten sich für sie interessiert, als sie noch jünger war, aber alle waren Lotte nicht gut genug. Der erste war ihr zu klein, der zweite war Vegetarier, der dritte ein Muttersöhnchen. Vor allem hatten sie eines gemeinsam, und das war das Ausschlaggebende für Lotte: Sie waren alle arm wie die Kirchenmäuse. Also nichts für Lotte. Man hatte nur ein Leben, und dieses sollte man nach Möglichkeit so bequem und angenehm wie möglich gestalten.

Frau Caspari fingerte nach einem kleinen Taschentuch mit weißer Spitze und tupfte sich damit die Tränen von den Wangen. Lotte bereitete sich auf ihren Einsatz vor.

„Klaus war ein so guter Junge. Seine Professoren waren ja so zufrieden mit ihm. Bestimmt wäre er ein ganz wunderbarer Arzt geworden, genau wie sein Vater."

Lotte nickte bekümmert und griff sanft nach Frau Casparis Hand. Liebevoll strich sie über den großen Aquamarin in der protzigen Goldfassung und überlegte, wie der Ring wohl an ihrer Hand aussehen würde.

„Im wievielten Semester war Ihr Sohn, als er den Autounfall hatte?"

Wieder ein mitfühlender Händedruck. Von jetzt an würde es ungefähr eine Viertelstunde dauern, bis Frau Caspari auf den Tod ihres dritten Mannes zu sprechen käme.

Lotte unterdrückte ein Gähnen und überlegte, welche Dosensuppe sie auf dem Nachhauseweg kaufen sollte. Erbsensuppe oder besser doch serbische Bohnensuppe? Auch Chips, Bonbons und Limonade brauchte sie noch für ihre einsamen Abende zu Hause. Ihr Fernseher hatte am Wochenende endgültig seinen Geist aufgegeben. Sie mußte unbedingt noch in dieser Woche zum Sozialamt, um Geld für einen neuen zu beantragen.

Lotte spürte wieder Ungeduld in sich aufsteigen und zwang sich zur Ruhe. Bei Frau Kampmann aus dem Anna-Stift hatte es auch fast ein Jahr gedauert, bis sie Lotte die Perlenkette geschenkt hatte. Der Juwelier hatte ihr dafür 600 Mark gegeben, und sie konnte einige Tage davon leben wie die Made im Speck. Sie hatte sich Champagner und teures Parfum gekauft, einen schwarzen Rock und eine himmelblaue Seidenbluse. Außerdem in einem Kaufhaus eine billige Perlenkette, die auf den ersten Blick der von Frau Kampmann ähnlich sah. Sie war in gute Restaurants gegangen, man hatte ihr viel zu kleine Portionen auf viel zu großen Tellern serviert, und Lotte hatte sich bemüht so auszusehen, als sei sie es gewohnt, jeden Abend exquisit zu speisen. Dabei hatte sie sich verstohlen umgeschaut und aus den Augenwinkeln die übrigen Gäste im Restaurant begutachtet.

Am Ende der wenigen Restaurantbesuche hatte Lotte in ihrer Kunstledertasche nach dem Portemonnaie gekramt und bezahlt, ohne jemals Trinkgeld zu geben. Das würde später kommen, wenn sie mehr Geld hätte.

Unter dem verächtlichen Blick des Obers und mit Schwitzflecken unter den Achseln hatte sie mit der größtmöglichen Würde, die ihr Körpergewicht zuließ, das Restaurant verlassen und sich auf müden schweren Beinen auf den Nachhauseweg gemacht.

Das kleine Apartment unter dem Dach war in den Sommermonaten unerträglich heiß, und Lotte versuchte, die meiste Zeit des Tages in den beiden kühlen Altenheimen und im schattigen Park zu verbringen. Erst in den Abendstunden kehrte sie heim; die Schwüle des Zimmers raubte ihr den Atem, und sie ließ sich auf die Couch fallen, wo sie wie ein gestrandetes Walroß liegenblieb. Japsend und sich mit Werbeprospekten Luft zufächelnd, wartete sie auf die Kühle der Nacht. Aber auch der spannendste Film, die kälteste Limonade und die süßesten Bonbons konnten sie nur für kurze Zeit von ihrer Unzufriedenheit ablenken. Warum mußte das Leben so ungerecht sein!

„Stellen Sie sich vor, liebe Lotte, ausgerechnet an Alfreds Grab habe ich Otto kennengelernt. Er war so freundlich, Alfreds Cousine zum Friedhof zu fahren, nachdem ihr Auto nicht angesprungen war."

Frau Casparis bläulich gefärbte Löckchen zitterten sachte.

„Ja, das Schicksal geht manchmal merkwürdige Wege, Frau Caspari."

Lottes Blick wanderte zu der massiven Goldkette, die an dem runzeligen Hals der alten Frau kaum zur Geltung kam. Diese Kette mußte ein Vermögen gekostet haben. Wieder vergingen endlose Minuten über Ehemann Nummer vier, der Frau Caspari auf Händen getragen und sie nach Strich und Faden verwöhnt hatte.

Lotte fühlte sich unbehaglich. Nicht nur wegen der langweiligen Geschichten von Frau Caspari, die sie nun schon fast auswendig kannte. Die Atmosphäre in dem kleinen Zimmer am Ende des Ganges empfand sie als bedrückend. Schwere Eichenmöbel, ein dunkler Teppich von undefinierbarer Farbe, an der vergilbten Tapete zahlreiche Familienphotographien, eine scheußliche Radierung, die ein Boot an einem Strand vor wolkenverhangenem Himmel zeigte, zwei Hummel-Figuren, eine schmale Kristallvase mit einer gelben Plastikrose darin und über allem der Geruch eines alten pergamentfarbenen Menschen, der es mit der Sauberkeit nicht mehr so genau nahm. Der Geruch vermengte sich mit Lottes eigenen Körperausdünstungen und machte ihr das Atmen schwer.

Mit unsicherer Hand griff Frau Caspari nach der Mineralwasserflasche auf dem kleinen Tisch. Behutsam nahm Lotte ihr die Flasche aus der Hand, öffnete den Verschluß und goß das schon abgestandene Wasser in ein Glas. Frau Caspari blinzelte sie dankbar an. Lotte erhob sich schwerfällig aus dem Sessel, stemmte die Hände ins Kreuz und dehnte den taillenlosen Körper leicht von einer Seite zur anderen.

„Ein schönes Bild haben Sie da, Frau Caspari."

„Oh, freut mich, daß es Ihnen gefällt, liebe Lotte. Mein zweiter Mann, der Vater von Klaus, hat es mir geschenkt. Wir sind jedes Jahr für ein paar Tage nach Cuxhaven gefahren. Es war immer so schön, dort am Strand entlangzuspazieren. Eines Tages habe ich in einem kleinen Geschäft diese Radierung entdeckt. Und weil sie mir so gut gefallen hat, mußte mein Mann sie unbedingt für mich kaufen, obwohl sie alles andere als billig war. Aber Oskar konnte mir eben keinen Wunsch abschlagen. Ich brauchte nur zu sagen, daß mir etwas gefällt, und sofort hat er es gekauft. Waren Sie schon mal in Cuxhaven, liebes Kind?"

„Nein, aber wenn es dort so schön ist, werde ich sicher einmal hinreisen." Lotte schaute auf ihre Armbanduhr.

„Das müssen Sie unbedingt tun, meine Liebe. Ach, Sie können sich ja gar nicht vorstellen, was für eine große Freude Sie mir mit Ihren Besuchen machen. Wenn man mal so alt ist wie ich und niemanden mehr hat auf der Welt, dann ist man wirklich arm dran. Und deshalb freue ich mich immer schon so sehr auf den Dienstag, wenn ich weiß, daß Sie mich besuchen kommen." Frau Caspari legte eine Kunstpause ein und lächelte bedeutungsvoll. „Wirklich, meine Liebe, es soll Ihr Schaden nicht sein, wenn Sie mir Ihre kostbare Zeit schenken."

Lotte durchzuckte ein freudiger Schreck.

Auch Frau Caspari hatte sich mühsam aus ihrem Sessel erhoben. Mit der linken Hand stützte sie sich auf ihren Stock, die rechte hielt sie Lotte hin.

„Ich bringe Sie noch bis zur Tür. Sie kommen doch am nächsten Dienstag wieder?" Sie hatte sich bei Lotte eingehakt und machte unsichere Schrittchen.

„Aber natürlich, Frau Caspari. Es tut mir wirklich leid, daß ich nicht mehr Zeit habe. Sie erzählen immer so interessant, und ich könnte Ihnen stundenlang zuhören. Also, dann wünsche ich Ihnen alles Gute für diese Woche. Am nächsten Dienstag um drei Uhr bin ich wieder bei Ihnen."

Lotte schenkte Frau Caspari noch ein liebevolles Lächeln, bevor sie die Tür hinter sich schloß. Im Korridor lehnte sie sich für einige Augenblicke mit dem Rücken an die Wand, schloß die Augen und holte tief Luft.

„Guten Abend. Macht Ihnen die Hitze auch so zu schaffen?“

Lotte fuhr zusammen. Sie schaute in das freundliche Gesicht von Schwester Hilde, die mit ihrem frisch gestärkten weißen Kittel einen Hauch von Kühle zu verbreiten schien. Die Pflegerin war auf dem Weg zu Frau Caspari. Lotte lächelte ihr zu und murmelte eine Antwort.

Im Erdgeschoß, kurz vor dem Ausgang, fiel ihr wieder die Frau auf, die sie schon einige Male hatte geschäftig über den Gang gehen sehen. Eigentlich war es keine Frau, sondern eine Dame. Sie war groß, hatte blondes kurzes Haar, eine gute Figur und trug immer ein elegantes Kleid oder Kostüm. Sie war ungefähr in Lottes Alter.

Auf der Straße angelangt, schaute Lotte noch einmal hoch zum dritten Stock, aber die alte Frau Caspari stand heute nicht winkend am Fenster. Wahrscheinlich wurde sie gerade von der Pflegerin versorgt.

Zu Hause machte Lotte es sich bequem. Sie zog sich aus, wusch sich und schlüpfte dann in den fliederfarbenen Bademantel, den die dicke Frau Gerhardt ihr geschenkt hatte. Diese wohnte im gleichen Altersheim, von dem Lotte gerade kam. In einem anderen Trakt. Der Donnerstag nachmittag gehörte ihr. Frau Gerhardt war noch nicht ganz so alt wie Frau Caspari, hatte auch viel weniger Geld als die vierfache Witwe, war bisher aber weitaus großzügiger gewesen. An Lottes Geburtstag und zu Weihnachten steckte Frau Gerhardt ihr einen Hundertmarkschein zu, und manchmal schenkte sie Lotte ein altes Kleidungsstück oder eine Schachtel Pralinen.

Lotte ließ den Nachmittag noch einmal in Gedanken an sich vorüberziehen. Was hatte Frau Caspari kurz vor dem Abschied gesagt? „Es soll Ihr Schaden nicht sein, wenn Sie mir Ihre kostbare Zeit schenken." Und wie sie dabei gelächelt hatte! Lotte seufzte und schob gleich zwei Pralinen auf einmal in den Mund. Frau Caspari war schon Mitte achtzig und gesundheitlich stark angeschlagen. Vor einigen Wochen hatte sie Lotte erzählt, daß sie ein Haus am Stadtrand besitze, das vermietet sei. Und seitdem konnte Lotte an nichts anderes mehr denken. Vielleicht sollte sie Frau Caspari auch noch an den Sonntagen besuchen? Lange würde es ohnehin nicht mehr dauern, und Lotte wollte sich später nichts vorwerfen müssen.

Am nächsten Sonntag stand Lotte mit einigen selbstgepflückten Wiesenblumen wieder vor Frau Casparis Tür. Keine Reaktion auf das Klopfen. Langsam drückte sie die Klinke herunter. Die Tür war abgeschlossen. Im Schwesternzimmer stand Schwester Hilde an den Küchenschrank gelehnt und blätterte in einer Zeitschrift. Bei Lottes Eintreten schaute sie hoch.

„Sie wollen sicherlich zu Frau Caspari, stimmt's?"

„Ja, aber die Tür ..." stammelte Lotte und drückte die Blumen an ihre gewaltige Brust. Schwester Hilde legte die Zeitschrift zur Seite, ging auf Lotte zu und legte ihr eine Hand auf den Arm.

„Frau Caspari ist in der Nacht zum Samstag gestorben", sagte sie mitfühlend. „Gehen Sie doch bitte zu unserer Leiterin im Erdgeschoß, Zimmer acht, Frau Pauli. Sie hat mir gesagt, wenn ich Sie sehe, soll ich Sie zu ihr schicken."

Wie in Trance bewegte sich Lotte zum Fahrstuhl.

Auf diesen Moment hatte sie gewartet – aber daß es schon so bald geschehen würde, damit hatte sie nicht gerechnet. Je näher sie der Tür zum Zimmer der Leiterin kam, desto schneller schlug ihr Herz. Sie fuhr sich noch einmal nervös durchs Haar und atmete tief ein, ehe sie klopfte. Statt des erwarteten „Herein" wurde die Tür schwungvoll geöffnet, und Frau Pauli blickte erst auf Lotte, dann auf die Blumen, bevor sie eine einladende Geste machte. „Bitte, kommen Sie doch herein." Heute trug die Leiterin ein lindgrünes Kostüm, und ihre Lippen schimmerten zart rosa. Lotte hielt noch immer die Blumen an ihre Brust gepreßt, als sie in dem hellen Korbsessel Platz nahm.

„Mein Name ist Kessler, Lotte Kessler. Ich wollte Frau Caspari besuchen, und Schwester Hilde hat mir gesagt, daß ..." Lotte stockte, und Frau Pauli ergriff das Wort.

„Ich habe Sie zu mir gebeten, um einen Wunsch von Frau Caspari zu erfüllen. Als Schwester Hilde ihr gestern morgen beim Aufstehen helfen wollte, war Frau Caspari bereits tot. Sie ist im Schlaf gestorben. In ihrer Nachttisch-Schublade haben wir einen Brief gefunden, auf dem einfach nur 'Lotte' stand. Da wir den Nachnamen nicht wußten, konnten wir Sie leider nicht anrufen."

„Das wäre auch nicht möglich gewesen, weil ich nämlich gar kein Telefon habe" erwiderte Lotte tonlos.

„Ach so. Also, wie dem auch sei, hier ist der Brief für Sie. Wollen Sie ihn sofort lesen?"

Frau Pauli hielt Lotte den Brief hin. Lotte legte die Blumen auf Frau Paulis Schreibtisch ab und riß ungeduldig den Umschlag auf. Die Heimleiterin beugte sich unterdessen taktvoll über einige Unterlagen.

Die Schrift war krakelig und so winzig, wie Frau Caspari selbst es gewesen war. Der Brief war am Donnerstag geschrieben worden. Nun würde sich alles entscheiden. Für einen Moment sah Lotte sich dabei, wie sie ein Haus einrichtete, behangen mit kostbarem Schmuck, in einem lindgrünen Kostüm und mindestens 80 Pfund leichter.

Liebe Lotte,
niemand weiß, wann seine Stunde schlägt, aber in meinem Alter muß man täglich damit rechnen und ist dem Herrgott schon näher, als einem lieb ist. Ich möchte Ihnen danken, meine Liebe, daß Sie sich so viel Zeit für mich genommen haben. Sie können sich gar nicht vorstellen, wieviel Freude es mir immer gemacht hat, mit Ihnen zu plaudern.

Erinnern Sie sich noch, wie Sie mich vor einem Jahr im Park angesprochen haben? Ich konnte mein Glück kaum fassen, als Sie mich fragten, ob Sie mich mal besuchen dürften. Ein Mensch, der dem Geschwätz einer einsamen alten Schachtel Aufmerksamkeit schenkt! Welch ein Geschenk! Der Herrgott wird es Ihnen vergelten, liebe Lotte. Leider kann ich mich nicht so erkenntlich zeigen, wie ich es gerne würde. Ich bin nur eine arme alte Frau. Ich hatte den Eindruck, daß Ihnen die Radierung gut gefallen hat. Seien Sie so gut, Lotte, nehmen Sie sie als Geschenk und zur Erinnerung an einen einsamen Menschen, in dessen letzte Lebensmonate Sie so viel Licht gebracht haben. Ich habe nicht mehr viel Kraft, hoffe aber, daß uns noch einige schöne Dienstagnachmittage miteinander vergönnt sind.

In Freundschaft und Dankbarkeit, Ihre Wilhelmine Caspari“

Das Blatt sank in Lottes Schoß, aus ihrem Gesicht war alle Farbe gewichen. NICHTS! ALLES UMSONST!

Nur eine verdammte Radierung, die so häßlich war, daß Lotte sie nicht geschenkt haben wollte.

Frau Paulis Stimme riß Lotte aus ihrer Versteinerung. „Ist Ihnen nicht gut, Frau Kessler? Darf ich Ihnen vielleicht ein Glas Wasser anbieten? Es tut mir so leid.“

Mit nassen Augen schaute Lotte zu der Leiterin des Altenheims, Tränen der Enttäuschung rannen über ihre runden Wangen.

„Was wird nun ...“ Lotte räusperte sich und suchte in ihrer abgewetzten Handtasche nach einem Taschentuch. „Was wird nun aus dem Besitz von Frau Caspari?“ fragte sie schließlich tapfer.

Frau Pauli blickte erstaunt auf.

„Besitz? Frau Caspari war nicht vermögend. Sie hatte nur eine kleine Rente. Der Staat hat die Kosten für ihr Zimmer bei uns übernommen.“

„Aber das Haus, von dem sie erzählt hat und der Schmuck?! Ich habe doch selbst die goldene Kette und den Ring mit einem hellblauen Stein gesehen ...“ schluchzte Lotte nun allmählich an der Grenze zur Hysterie.

„Es tut mir leid, Frau Kessler, aber Frau Caspari besaß kein Haus.“

Frau Pauli hatte die Fingerspitzen aneinandergelegt und suchte nach den richtigen Worten. „Allerdings würde es mich nicht wundern, wenn Frau Caspari Ihnen so etwas erzählt hätte“, fügte sie vorsichtig hinzu.

„Sehen Sie, Frau Caspari war, wie soll ich sagen, etwas schrullig. Mit der Wahrheit hat sie es nicht so genau genommen. Am Anfang, als sie zu uns kam, hat sie von ihren verschiedenen Ehen und ihrem

Sohn erzählt, aber tatsächlich war sie nie verheiratet und hatte auch keine Kinder. Vielleicht wollte sie sich bei Ihnen nur interessant machen und sichergehen, daß Sie wiederkommen. Und was den Schmuck angeht, den Sie erwähnt haben: Sie lebte schon einige Jahre Tür an Tür mit Frau Hartung, einer ziemlich wohlhabenden alten Dame. Die beiden haben sich wohl ganz gern gemocht. Jedenfalls ist Frau Hartung sehr betrübt über den Tod ihrer Nachbarin. Sie hat mich nach Frau Casparis Tod gebeten, ihr den Ring und die Kette zurückzugeben, die sie ihr vor ungefähr einem Jahr auf unbestimmte Zeit geliehen hatte. Frau Caspari hatte sie so inständig darum gebeten, daß Frau Hartung es ihr nicht abschlagen konnte. Gestern abend habe ich ihr den Schmuck zurückgegeben. Auf beiden Schmuckstücken befinden sich Frau Hartungs Initialen. Es hat alles seine Richtigkeit."

Frau Pauli schwieg teilnahmsvoll. Lotte schneuzte sich noch einmal geräuschvoll die Nase, dann erhob sie sich mühsam. Schweigend streckte sie Frau Pauli die Hand entgegen, griff nach den Blumen auf dem Schreibtisch und verließ langsam das Zimmer.

Im Flur atmete sie tief durch, strich sich mit einer ordnenden Geste durchs Haar und versuchte unbeholfen, den halb verwelkten Blumenstrauß so zu arrangieren, daß er noch ansehnlich aussah.

Mit festem Schritt bewegte sie sich zum Aufzug, und ein entschlossenes Lächeln spielte um ihre Lippen.

Frau Hartung würde sich über ihren Beileidsbesuch sicher freuen.

Rühlings Erwachen

Man braucht kein Haustier zu besitzen, um einen Kater zu haben.

Keinen Kater zu haben, kann jedoch verschiedenes bedeuten. Eine Möglichkeit liegt in der Abstinenz. Eine andere darin, in Maßen zu trinken, also rechtzeitig aufzuhören, so daß sich ein Kater erst gar nicht einstellt. Schließlich kann man aber auch seinen Alkoholpegel stets auf einem Level halten, der dem Kater keine Chance gibt, einfach deshalb, weil sich nie Nüchternheit einstellt.

Dr. Holger Rühling gehörte seit vier Jahren zu den Menschen der letztgenannten Kategorie. Das Trinken hatte er bei der Bundeswehr gelernt, wie so manches, das ihn nach landläufiger Meinung erst zu einem richtigen Mann machte. Nach der Zeit der Wehrpflicht hatte er in Homburg Medizin studiert.

Die meisten Studenten sind froh, wenn sie ihre Kurse in Pathologie und Gerichtsmedizin hinter sich gebracht haben und widmen sich lieber den anderen Fächern, jenen, die Heilung von Kranken verheißen. Rühling hatte während des Studiums jedoch festgestellt, daß ihn die Arbeit mit toten Körpern mehr befriedigte als die mit lebenden. Ein toter Körper kann den Arzt nicht täuschen. Er spricht für sich selbst. Als beruhigend empfand Rühling auch die Tatsache, daß durch seine ärztliche Hand kein Patient zu Schaden kommen konnte.

Als er sich entschloß, Gerichtsmediziner zu werden, gab es zwei Schwierigkeiten zu meistern. Bei beiden half ihm der Alkohol. Zum einen war es der Kampf gegen den Gestank, ja Gestank, denn Geruch ist ein zu feines Wort für die Torturen der Nase beim Einatmen von Formaldehyd und dem, was aus den toten Körpern zu ihm aufstieg, nachdem er sie von der Kehle bis zum Schambein aufgeschnitten hatte. Die Intensität des Gestanks richtet sich nach der Dauer des Todes, aber auch nach solch profanen Tatsachen wie der, was dieser Mensch kurz vor seinem Tod gegessen hat. Die Todesart spielt natürlich ebenfalls eine Rolle. So ist zum Beispiel eine Wasserleiche mit Erbsensuppe in den Eingeweiden mit einem etwas höherem Alkoholpegel als sonst besser zu ertragen.

An die zweite Schwierigkeit hatte sich Rühling auch nach mehr als zwanzig Jahren nicht gewöhnen können, und er wußte, daß es seinen Kollegen genauso ging. Beim Sezieren von Kindern, besonders von Säuglingen, verließ ihn seine Routine, und jeder Schnitt in die kleinen kalten Körper bereitete ihm selbst Schmerzen und Übelkeit.

Rühlings einziges Kind war vor vier Jahren an Knochenkrebs gestorben, danach war aus ihm ein Gelegenheitstrinker geworden. Er ließ keine Gelegenheit aus zu saufen, als ginge es um sein Leben. Irgendwie schaffte er es weiterhin, seiner Arbeit so nachzugehen, daß man sie immer noch als gewissenhaft bezeichnen konnte. Das allgegenwärtige Formaldehyd vermischte sich mit den Ausdünstungen seines alkoholabhängigen Körpers. Der stinkende Schutzfilm begann sich erst im Urlaub leicht zu verflüchtigen.

Nach dem Tod des Kindes war es auch mit seiner Ehe bergab gegangen. Er soff, und sie trauerte, machte ihm zwischendurch Szenen und drohte, ihn zu verlassen. Vor einem halben Jahr war sie ausgezogen und hatte die Scheidung eingereicht.

Der Gedanke, seinem Leben ein Ende zu setzen,

war Rühling das erste Mal nach dem Tod des Kindes gekommen. Er ließ sich treiben, dachte hin und wieder über die sicherste Möglichkeit nach und wartete auf den richtigen Zeitpunkt. Der käme, wenn der Selbstekel noch etwas größer würde. Nachdem ihn seine Frau verlassen hatte, wurden diese Gedanken konkreter. Seine Arbeit wurde schlechter. Immer häufiger zitterten die kleine Schwingsäge oder das Skalpell in seiner Hand. Manchmal war es ihm nicht mehr möglich, zur Arbeit zu kommen. Es wurde Zeit, seine Pläne in die Tat umzusetzen.

Eines Nachmittags stand Rühling am Seziertisch und sollte die letzte Leiche für diesen Tag obduzieren. Wie immer bei ungeklärten Todesursachen war der Staatsanwalt zugegen. Rühling lachte gequält über die platten Scherzchen des Juristen, eines hartgesottenen übergewichtigen Kettenrauchers, dessen Sekretärin an einem kleinen Tisch saß, bereit, das, was Rühling während der Obduktion diktierte, in einen Laptop einzugeben.

Die anonyme Leiche wurde hereingefahren. Ein Mann, 184 cm groß, 71 kg, Alter ungefähr 50 Jahre, kaukasischer Typ, von einem Pilzsammler im Wald gefunden.

Während Rühling noch auf die Karte mit den spärlichen Angaben guckte, nahm er wahr, wie der Staatsanwalt mitten im Satz verstummte. Irritiert schaute er zu dem Dicken herüber, der verwundert und erschrocken erst auf Rühling und dann auf die Leiche starrte. Nun warf auch Rühling einen Blick auf den toten Körper und erstarrte. „Mein Gott, so eine Ähnlichkeit", stieß der Staatsanwalt heiser hervor, „man könnte meinen, Sie liegen hier auf dem Tisch, oder …" fügte er hinzu, „Ihr Zwillingsbruder, falls Sie einen haben."

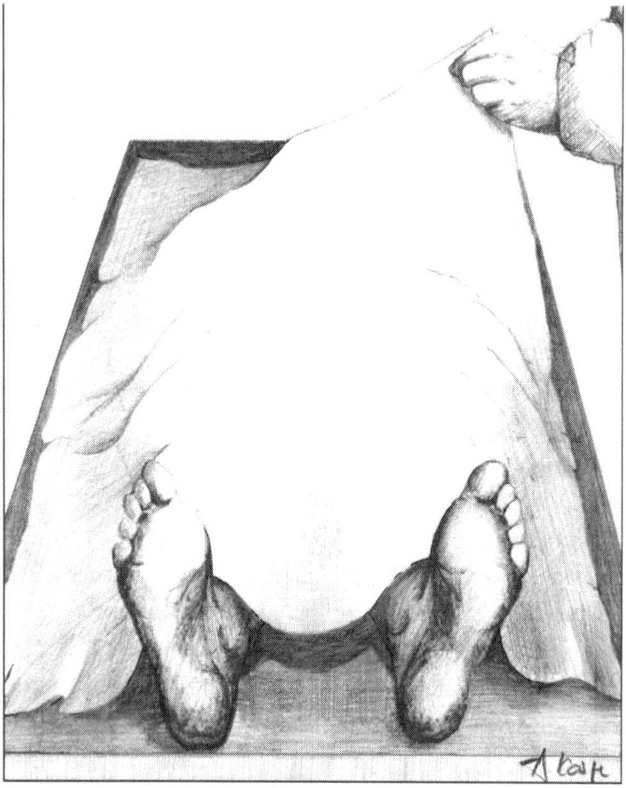

Rühling schluckte. Er sah, wie er selbst aussähe, nähme er sich das Leben. Dieser unbekannte Mann war ein Abbild seiner selbst. Aus einem plötzlichen Impuls heraus bog er den rechten Arm des Toten hoch und warf einen Blick auf die Innenseite des Oberarms, ca. 10 cm über dem Ellbogenknochen. Mit einem leisen Aufschrei ließ er los und wankte. An dieser Stelle befand sich ein großes Muttermal in der Form eines Schmetterlings. Genau wie bei ihm.

Noch am gleichen Abend saß Rühling erstmals in der Runde der Anonymen Alkoholiker.

Gewißheit

Müde ist sie. Sehr müde.

Sie sitzt in ihrer kleinen Küche an dem weiß lakkierten Holztisch und wartet.

Sie ist so müde, daß sie eigentlich schon vergessen hat, daß sie wartet.

Ihre Füße sind kalt, wie immer. Den schweren Kopf hat sie zwischen ihre Hände gebettet. Die Daumen ragen in die Luft wie kleine Antennen.

An ihren Ellbogen ist die Haut rot und rauh – das ist gut, da kann sie nicht abrutschen. Sie will die Augen offenhalten, aber es gelingt immer nur für wenige Sekunden. Dann drehen sich die Augäpfel unter halb geschlossenen Lidern wie von selbst nach hinten, und sie kann in sich hineinsehen.

Sie wartet schon seit einer Stunde. In der kleinen Küche riecht es nach dem Essen, das sie für ihn gekocht hat. Indisches Hähnchencurry. Das mag er so gern.

Sie hat das Rezept vor einigen Jahren aus einer Zeitschrift ausgeschnitten. Aber sie hat es verändert. Bei ihr kommt der Zimt nicht aus dem Streuer, sondern wird langsam aus einer Zimtrinde ausgeschwemmt. Außerdem benutzt sie Kardamom. Sie drückt eine Samenkapsel auf und befreit die Kardamomstückchen, die so fest aneinandergeschmiegt sind, als hätten sie Angst davor, getrennt zu werden.

Manchmal kaut sie auf einem Stück Kardamom herum. Der Geschmack beruhigt sie, und der Atem riecht besser als nach der besten Zahncreme.

Sie haßt es, zu kochen, aber das weiß er nicht,

wenn er zu ihr kommt, an dem weißlackierten Holztisch in ihrer Küche sitzt und das ißt, was sie zubereitet hat.

Das Hähnchencurry ist kalt geworden. Auf der gelben Soße hat sich eine Haut gebildet, wie auf heißer Milch. An einer Stelle ragt eine Zimtrinde wie ein abgestorbener Baumstamm aus dem Sumpf heraus.

Die Krönung eines guten Hähnchencurrys, überhaupt jeden Essens, das sie für ihn kocht, ist ihr Geheimnis. Unsichtbar, unriechbar, unschmeckbar – und doch vorhanden.

Ach wie gut, daß er nicht weiß, daß sie in jedes Essen, das sie für ihn kocht, einmal hineinspuckt.

Sie tut es andächtig, in der einen Hand einen Löffel, mit der anderen hält sie ihre Haare fest, damit keines ins Essen fällt, wenn sie sich über den Topf oder die Pfanne beugt. Als Zutat reicht schon eine kleine Menge, ein Faden von ihren Lippen bis zum Essen, durchzogen mit durchsichtigen kleinen Bläschen. Und wenn es nur ein Tropfen von einem Tropfen ist – damit gibt sie sich selbst.

Wenn er ißt, nimmt er auch etwas von ihr auf, hat auch sie in seinem Mund, seiner Speiseröhre, seinem Magen.

Ihr gefällt die Vorstellung. Sie will ein Teil von ihm sein, und auf diese Weise geht es so einfach.

Sie haßt es zu kochen, aber noch schlimmer ist es, ihm beim Essen zusehen, genauer: zuhören zu müssen. Sie meint nicht die Worte, die sich mit dem Essen vermengen und mit einem bestimmten Geruch versehen den Mund verlassen.

Nein, die Geräusche, die beim Essen entstehen, sind es, die sie nervös machen. Das Mahlen der Kieferknochen, das Hin- und Herschieben des Essens mit der Zunge. Dann das Schlucken. Am schlimmsten ist das Schlucken, auch wenn es schön aussieht, wenn sein großer Adamsapfel auf und ab hüpft.

Mit der Zeit hat er sich an den Ablauf gewöhnt.

Seit Jahren schon kommt er. Dann sitzen sie sich in der kleinen Küche an dem weißlackierten Holztisch gegenüber. Keiner spricht. Sie sitzt und schaut ihm beim Essen zu. Sie ißt nie mit. Sie ißt immer nur, wenn sie allein ist. Niemand hat sie je essen sehen, nur trinken.

Ihr zweites Geheimnis sind die Wachskugeln, die sie in den Ohren hat, wenn er ißt. Sie sieht ihm gern beim Essen zu, nur hören mag sie es nicht. Sie ist fasziniert davon, wie sich eine Spalte im Gesicht öffnet und wie das Essen, das vorher auf einem Teller lag, im Kopf verschwindet.

Früher hat er noch während des Essens gesprochen, unsicher und verlegen, weil er allein essen mußte. Schließlich verwirrt, weil sie nichts sagte. Endlich hat er geschwiegen und einfach nur gegessen. So hat sie es am liebsten. Reden kann man noch später, nach dem Essen. Dann hört sie auch wieder, weil sie unauffällig die Wachskugeln aus ihren Ohren entfernt hat.

Wenn sie den Tisch abgeräumt hat, ist sie bereit zuzuhören.

Streß mit dem Chef, Streit mit der Frau, Schmerzen seit der Operation, Ärger mit dem Finanzamt.

Hin und wieder sagt sie etwas, und was sie sagt, ist nicht wichtig. Nicht, daß es dumm oder unpassend wäre, aber es spielt keine große Rolle. Sie hört zu, und das ist wichtig. Sie hat es darin zur Meisterschaft gebracht.

Von ihm unbemerkt imitiert sie seine Körperhaltung. Greift er zum Glas, tut sie es auch. Sie zünden sich fast zeitgleich Zigaretten an oder schlagen die Beine übereinander. Bei ihr dauert es etwas länger, bis sie ihr steifes Bein mit beiden Händen über das andere gelegt hat. Die Gleichzeitigkeit läßt bei ihm ein Gefühl von Nähe und Verbundenheit aufkommen. Abgesehen von der Spucke natürlich, aber das weiß er ja nicht.

Er kommt heute nicht mehr, obwohl er es versprochen hatte. Sie überwindet ihre Müdigkeit, steht seufzend auf und schaltet den Küchenherd an. Mit einer Gabel entfernt sie die gelbe Haut und den abgestorbenen Zimtbaum.

Bevor sie zu essen anfängt, nimmt sie den Kalender von der Wand. Es ist ein Apothekenkalender, naive Malerei. Er hängt in Kopfhöhe hinter ihm an der Wand.

Wenn er ihr gegenüber sitzt, kann sie den Kalender nicht sehen.

Aus dem Nebenzimmer holt sie den runden Spiegel mit dem schwarz lackierten Holzrahmen. Auf der Rückseite ist eine kleine Öffnung für den Nagel. Sie hängt den Spiegel an dem Nagel auf, an dem sonst der Kalender hängt.

Dann nimmt sie wieder Platz und schaut sich ernst und aufmerksam in die Augen. Das Essen steht dampfend vor ihr. Bevor sie die erste Gabel zum Mund führt, verschließt sie ihre Ohren mit den Wachskugeln.

Morgen kommt er wieder. Sie weiß es sicher.

Ist es möglich, dass wir uns kennen?

Es war ein sonniger Tag im Mai 1980.

Albert Faber saß mit dem Rücken zur Wand in einer Ecke des Cafés. Auf dem Tisch vor ihm eine Vase mit einer echten Rose, eine Tasse Irish Coffee, ein Mineralwasser, ein Brillenetui und ein Aschenbecher mit einigen zerdrückten Zigaretten. Anscheinend war Faber in seine Wirtschaftszeitung vertieft.

Sein Anzug war von guter Qualität, Hemd und Schuhe ebenfalls. Die dezent gemusterte Seidenkrawatte war farblich exakt auf den Anzug abgestimmt. Trotz seines hohen Alters hielt er sich aufrecht. Weißes Haar umkränzte einen gut geformten Kopf. Die Augen waren ohne bestimmte Farbe, wie bei vielen alten Menschen, und lagen wässerig schimmernd in tiefen Höhlen.

Über den schmalen Lippen lag die Andeutung eines weißen Schnurrbarts. Der sonnengebräunte Schädel war mit Altersflecken übersät, ebenso die kräftigen Hände, mit denen er die Zeitung nah vor sein Gesicht hielt.

Am kleinen Finger der linken Hand blitzte ein großer Siegelring. Faber machte einen unruhigen Eindruck.

Immer wieder schaute er verstohlen über die Ränder von Brille und Zeitung in den weitläufigen Raum des Cafés und ließ seinen Blick über die anderen Gäste schweifen.

Das Café war stilvoll eingerichtet. Die Atmosphäre konnte sich nicht entscheiden zwischen mondän und gediegen, und so strahlte der Raum beides aus.

Gedämpfte Teehausmusik, edles Porzellan und die diskrete Höflichkeit des Personals rundeten das Ambiente ab.

Faber blickte auf, als er das melodische Lachen einer Frau vernahm. Ein Ober war gerade dabei, ihr aus dem Mantel zu helfen, und nach einem kurzen Wortwechsel steuerte sie einen kleinen Tisch in Fabers Nähe an. Ihre dunklen Haare wellten sich elegant über den Kragen des Kostüms.

Der Hauch teuren Parfums zog Faber in die Nase. Er faltete seine Zeitung zusammen.

Die Frau saß so, daß er sie unauffällig von der Seite mustern konnte. Sie gefiel ihm.

Faber trank einen Schluck und zündete sich eine Zigarette an.

Die Frau wandte einmal kurz den Blick in seine Richtung, bevor sie sich in die Karte vertiefte. Als Faber seine Zigarette zu Ende geraucht hatte, drückte er sie energisch im Aschenbecher aus und erhob sich. Ohne die Frau aus den Augen zu lassen, ging er geradewegs auf ihren Tisch zu. Wie ein alter Offizier schlug Faber kaum hörbar die Hacken zusammen und deutete eine leichte Verbeugung an. Erstaunt schaute sie zu ihm auf.

„Entschuldigen Sie, gnädige Frau, wenn ich Sie so einfach anspreche." Er zögerte einen Moment und schaute sie dann mit großem Ernst an. „Sie kommen mir sehr bekannt vor. Ist es möglich, daß wir uns kennen?"

Ihr Lächeln war freundlich, als sie ihn forschend ansah.

„Ich glaube nicht. Woher sollten wir uns denn kennen?"

Faber holte einmal tief Luft. „Nun, ich weiß auch

nicht, aber Sie kommen mir irgendwie sehr bekannt vor. Haben Sie früher vielleicht einmal in Berlin gelebt?"

Noch bevor sie antwortete, fragte Faber höflich, ob er sich zu ihr setzen dürfe.

„Nein", sagte die Frau, und das Lächeln war verschwunden, „ich habe nie in Berlin gelebt. Und: Nein, Sie dürfen sich nicht zu mir setzen. Würden Sie mich jetzt bitte entschuldigen? Ich bin verabredet."

Sie hatte den Satz noch nicht zu Ende gesprochen, als eine junge Frau mit raschelnden Boutiquetüten ihren Tisch ansteuerte und sie schon aus einiger Entfernung mit einem liebevollen „Hallo, Mutti" begrüßte.

Faber verbeugte sich noch einmal leicht, murmelte eine Entschuldigung und kehrte sofort zu seinem Tisch zurück. Während er seine Getränke bezahlte, entging ihm nicht, daß sich die junge Frau einmal neugierig zu ihm umdrehte und dann kichernd etwas zu ihrer Mutter sagte. Leicht gekränkt und mit steifen Schritten verließ er das Café, nicht ohne vorher noch einmal der Frau höflich zuzunikken.

Natürlich kannte er die Frau nicht, aber manchmal klappte der Trick. Er hatte hin und wieder schon jemanden auf diese Weise näher kennengelernt.

Eine Woche später saß Faber in einem anderen Café, ebenfalls eines der gehobeneren Kategorie und beobachtete die Gäste. Angewidert registrierte er die auffordernden Blicke einer älteren Frau, deren schwere Brüste kaum noch von den Knöpfen ihrer himmelblauen Bluse in Zaum gehalten werden konnten. Faber fragte sich gerade, was eine solche Person in diesem Café wohl zu suchen hatte, als eine Frau mit Hut seine Aufmerksamkeit erregte.

Einige Jahre jünger als er, war sie eine überaus gepflegte Erscheinung mit einem intelligenten, schönen Gesicht, das von großen, beinahe schwarzen Augen beherrscht wurde.

Faber stand ruckartig auf und näherte sich mit kerzengeradem Rücken dem Tisch, an dem die Frau allein saß. Diesmal wollte er es etwas anders anfangen.

„Darf ich mich einen Moment zu Ihnen setzen?"

Die Frau starrte ihn an. Faber deutete ihr Schweigen als Einverständnis und nahm ihr gegenüber Platz.

„Sagen Sie, gnädige Frau, ist es möglich, daß wir uns kennen?" Wohlwollend lächelte er sie an.

Es irritierte ihn, daß sie noch immer nichts sagte und ihn nur weiterhin mit weit aufgerissenen Augen anstarrte. Er entschloß sich gerade zur nächsten Frage, als es ihn plötzlich durchzuckte, daß er dieses Gesicht tatsächlich schon einmal gesehen hatte. Trotz der Fremdheit schien es ihm irgendwie vertraut.

„Sie kommen mir so bekannt vor. Haben Sie vielleicht früher einmal in Berlin gelebt?"

Sie schluckte und räusperte sich, während sie sich zu einer Antwort durchrang.

„Ja, ich habe früher einmal in Berlin gelebt."

Sie sprach so leise, daß Faber sie kaum verstehen konnte.

Ein breites joviales Lächeln überzog sein faltiges Gesicht.

„Sehen Sie, ich habe doch gleich gedacht, diese schöne Frau hast du schon früher einmal gesehen. Wenn ich nur wüßte ..."

Er setzte eine nachdenkliche Miene auf und versuchte, sich zu erinnern. Konnte es sein, daß er sie tatsächlich kannte? Aber woher nur …?

„Ich glaube, wir kennen uns wirklich!“ Sie wollte ihrer Stimme Festigkeit verleihen, was ihr jedoch nicht gelang. „Allerdings kennen wir uns nicht aus Berlin.“

Der entsetzte Ausdruck in den Augen der Frau beherrschte das ganze Gesicht, das plötzlich bleich geworden war. Faber schluckte unsicher. Seine Hände wurden feucht, und er wischte sie verstohlen an seiner Hose ab.

„Finden Sie es nicht auch sehr warm hier?“ fragte die Frau ihn unvermittelt mit einer Stimme, die brüchig klang, während sie begann, mit zitternden Fingern die Ärmel ihrer Bluse aufzukrempeln.

„Eigentlich nicht …“ Faber zögerte verwirrt und spürte seinen Herzschlag laut und dröhnend, während sich seine Anspannung steigerte.

Er starrte sie an. Mit einer Mischung aus Bestürzung und Faszination glaubte er, Haß in ihren Augen zu erkennen. Irgendetwas stimmte nicht mit ihr. Da fiel ihm plötzlich auf, was das Gesamtbild störte, und ihm wurde schlagartig klar, woher er sie kannte. Es waren die Ziffern. Die blaß gewordenen Nummern, eintätowiert auf ihrem Unterarm.

Nachdem ich eine Fahrkarte gekauft und entwertet hatte, sah ich mich nach einer Sitzgelegenheit um. Viele Plätze waren bereits belegt, aber ich sah einen freien Doppelsitz im hinteren Teil des Busses. Er befand sich direkt hinter dem Doppelsitz, der an die freie Fläche grenzte. In jedem öffentlichen Bus befindet sich gegenüber der hinteren Tür eine freie Fläche, auf der zum Beispiel Fahrräder abgestellt werden können. Der Doppelsitz, der sich direkt daneben befindet, eignet sich in idealer Weise für jemanden, der etwa einen Kinderwagen im Auge behalten will, weil er ihn von diesem Sitz aus sogar am Griff festhalten kann. Auf dieser Fläche stand tatsächlich ein Kinderwagen, vielmehr ein Buggy, in dem ein kleines Mädchen saß. Die beiden Erwachsenen vor mir schienen die Eltern zu sein. Die Frau war vielleicht Ende zwanzig, der Mann einige Jahre jünger als sie. Groß und stark übergewichtig, klebten halblange braune Haare fettig an ihrem Kopf. Sie hatte sich in hellgraue Leggings und ein ärmelloses rotes T-Shirt gezwängt.

Der Mann war schlank, trug Jeans und ein T-Shirt mit Werbeaufdruck. Sein Kopf war kahlgeschoren, an beiden Augenbrauen war er mit mehreren Metallringen gepierct. Auf den Unterarmen waren verschiedene Tätowierungen zu erkennen. Starker Geruch nach Zigaretten, Alkohol und Schweiß zog mir in die Nase. Gerade dachte ich darüber nach, den Platz zu wechseln, als aus dem hinteren Teil des Busses ein Junge an mir vorüberging und sich auf den Notsitz am anderen Ende der freien Fläche

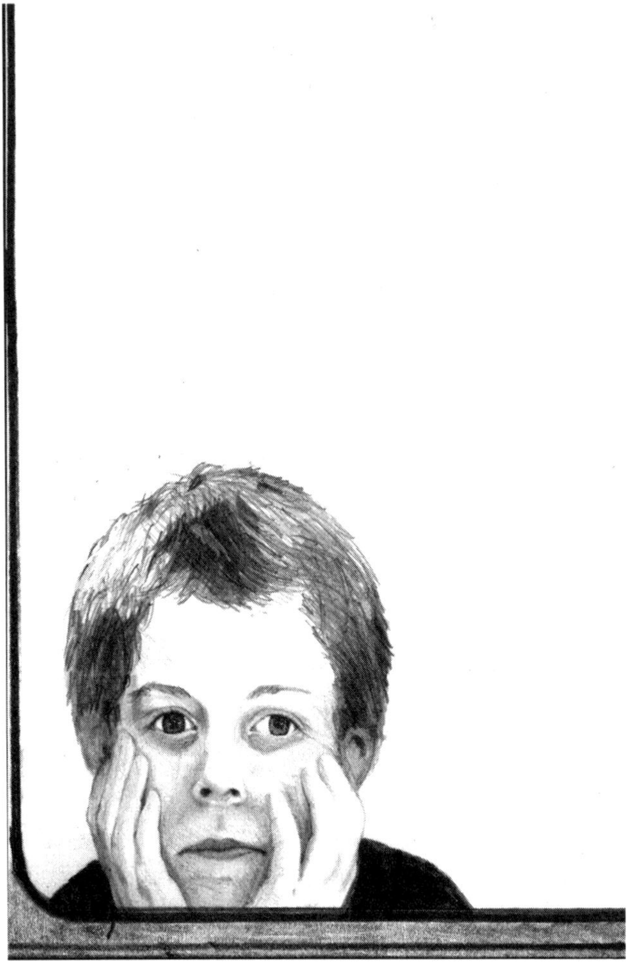

setzte. Nanu, warum war er nicht in der Schule? Als ich sein Gesicht sah, erschrak ich zutiefst. Er mochte vielleicht acht oder neun Jahre alt sein und hatte ein altes gequältes Gesicht. Unter seinen Augen befanden sich tiefe dunkle Ringe, die die starke Blässe seiner Haut noch betonten. Sein Gesichtsausdruck zeigte großen Kummer, wenn nicht gar Verzweiflung.

Die Stirn lag in schweren Sorgenfalten, und diese Falten verschwanden auch dann nicht, wenn er, das spitze Kinn auf der Hand abgestützt, aus dem Fenster schaute.

Wie ein Strafgefangener, der sich der Aussichtslosigkeit seiner Lage bewußt ist, wanderte sein Blick immer wieder zwischen den beiden Erwachsenen hin und her, zwei Menschen, die ihm keinerlei Beachtung schenkten, so daß ich mir nicht sicher war, ob sie und der Junge zusammengehörten. Auch schien mir der Mann zu jung, um der leibliche Vater des Jungen zu sein. Erst, als der Junge der Kleinen von hinten einmal kurz über das Haar strich, wußte ich, daß er zur Familie gehörte. Diese Geste der Zärtlichkeit, die vielleicht nur zwei Sekunden gedauert hatte, erschütterte mich, und ich stellte mir vor, wie sehr sein Unterbewußtes danach schrie, auch einmal etwas Freundliches, Liebevolles zu erfahren wie solch eine Geste. Selbst in diesem Augenblick entspannte sich seine Stirn kaum. Die kleine Schwester reagierte nicht auf das kurze Streicheln.

Auch für dieses Kind, ein durchscheinend blasses, vielleicht zwanzig Monate altes Mädchen, hatten die Erwachsenen keinen Blick. Die Kleine saß bewegungslos in ihrem Buggy und sog heftig an einem Schnuller. Sie verhielt sich vollkommen still und musterte mit ernster Miene den Mann und die Frau.

Andere Kinder in diesem Alter bewegen sich lebhaft, sie lächeln ihre Eltern an und warten auf einen liebevollen Blick, während sie neugierig ihre Umgebung erkunden. Oder sie quengeln und schreien, wollen die ungeteilte Aufmerksamkeit derer, die für sie zuständig sind.

Dieses Mädchen war anders. Es schien, als würde eine innere Weisheit es veranlassen, sich absolut still zu verhalten. Vielleicht war es aber auch keine innere Weisheit, sondern furchtbare Erfahrungen, die dieses Menschenkind, genau wie seinen älteren Bruder, frühzeitig hatten verstummen lassen. Manchmal kann man nur überleben, wenn man es versteht, sich nahezu unsichtbar zu machen. Einige Kinder müssen dies schon im Mutterleib lernen.

Ich erinnerte mich, wie ich vor vielen Jahren einmal einen Bericht über Kinderarbeit in Kolumbien gelesen hatte. Schon die Kleinsten mussten in Minen und in Steinbrüchen schuften. Nie vergesse ich die völlig zerfurchte Hand eines Fünfjährigen, die in Großaufnahme abgebildet war. Täglich mußte er etwa zwölf Stunden schwere körperliche Arbeit leisten, um seine Familie zu unterstützen. Seine Lebenserwartung lag bei weniger als dreißig Jahren.

Die schmutzige Hand war schwielig und rauh, deutlich war eine dicke Hornhaut zu erkennen. Und doch gehörte die Hand einem kleinen Kind. Einem Jungen, der niemals die Chance auf ein anderes Dasein erhalten würde. Mitleid und Wut hatten mich damals weinen lassen, und jetzt fühlte ich ähnlich, als ich den Jungen im Bus beobachtete.

In seinem Gesicht lag eine solche Traurigkeit, daß es mir das Herz zusammenzog. Fieberhaft suchte ich in Gedanken nach einer Möglichkeit, kurz mit diesem Kind zu sprechen. Es gab keine.

Einige Haltestellen weiter stieg die Familie schließlich aus. Mit großer Anstrengung bewegte die Frau ihre gut drei Zentner aus dem Bus und half dann dem Mann, den Kinderwagen mit dem ernsten Inhalt auf die Straße zu hieven. Ich suchte den Blick des Jungen, wollte ihn wenigstens anlächeln. Aber er hatte mich während der gesamten Fahrt nicht einmal angeschaut.

Ich hab ihn gleich erkannt

Schwungvoll öffnete Miriam die Tür zum zweiten Behandlungszimmer. Noch ein Patient, und sie konnte sich auf ihr wohlverdientes Wochenende mit Robert freuen. Der ältere hagere Mann im Behandlungsstuhl fixierte sie mit seinen dunklen Augen, während er sie anlächelte.

„Guten Tag", begrüßte Miriam den neuen Patienten.

Eine knochige Hand ergriff die ihre. „Guten Tag, Winterstein."

Alle Farbe wich aus Miriams Gesicht. Sie wandte den Blick von ihm ab und seiner Karteikarte zu, die ihre Helferin Irene auf die Ablage gelegt hatte. „Manuel Winterstein" stand dort in schwarzen Druckbuchstaben, dazu Anschrift und Geburtsdatum. Miriam fühlte plötzlich Übelkeit in sich aufsteigen. Ihren Blick noch immer auf die Karteikarte geheftet und seinen vermeidend, bemühte sie sich, ihre Stimme normal klingen zu lassen.

„Was kann ich für Sie tun, Herr Winterstein?"

„Gestern ist mir beim Essen ein Stück von einer Füllung herausgebrochen. Hat ein ganz schönes Loch hinterlassen. Wissen Sie, ich war schon ein paar Jahre nicht mehr beim Zahnarzt."

Miriam atmete tief durch. Ihr Herz schlug hart und schnell. Langsam setzte sie sich auf den Drehstuhl und beugte sich widerwillig über Winterstein, der den Mund bereits weit geöffnet hatte. Mit routiniertem Blick überprüfte sie sein Gebiß, bevor sie ihn fragte, ob er eine Spritze haben wolle. Er verneinte, und sie begann, mit der ihr eigenen Sorgfalt zu arbeiten. Sicher führte Miriam jeden Handgriff aus, ängstlich darauf bedacht, daß weder Winterstein noch Irene ihre innere Anspannung bemerkten.

Nachdem die Behandlung abgeschlossen war, glitt ihr Blick über seine fast ergrauten Locken zu den dunklen Augen. „Sie brauchen noch eine weitere Füllung. Der letzte Backenzahn oben rechts sieht gar nicht gut aus. Lassen Sie sich dafür bitte einen Termin für Ende des Monats geben."

„Ende des Monats bin ich nicht mehr da. Demnächst geht's nämlich ab nach Amerika für längere Zeit. Könnte ich vielleicht auch einen Termin für die nächste Woche bekommen?"

Miriam hatte sich schon erhoben. „Ja, Sie müssen sich dann aber auf eine längere Wartezeit einstellen."

„Ist gut. Also dann, auf Wiedersehen, Frau Doktor."

Abermals fühlte sie ihre Hand umschlossen von seinen knochigen Fingern, und sein Lächeln begleitete sie, als sie hastig den Raum verließ. Als einige Minuten später die üblichen Wünsche für ein schönes Wochenende ausgetauscht worden waren und ihr Personal die Praxis verlassen hatte, ließ Miriam sich schwerfällig auf einen Stuhl sinken. Ihr Herz schlug noch immer schneller als sonst, und sie brauchte einige Minuten, bis sie sich allmählich beruhigte.

Wenig später verließ sie die Praxis und stieg fröstelnd in ihr Auto. Ihre Finger trommelten ununterbrochen auf das Lenkrad, während sie sich durch den Feierabendverkehr kämpfte. Nach einer endlosen halben Stunde bog sie in die Auffahrt zu ihrem Haus ein. Erleichtert registrierte sie Roberts Auto. Mit schnellen Schritten lief sie die Stufen hoch und

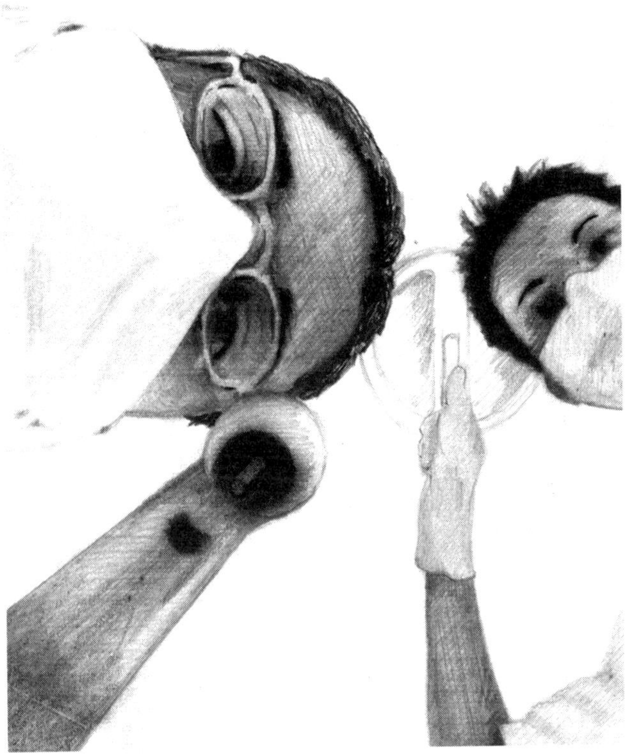

schloß die Tür auf. Sekunden später drückte sie ihr Gesicht an Roberts Hals und ließ ihren Tränen freien Lauf, während er sie in seinen Armen wiegte und ihr wie einem kleinen Kind über den Kopf strich. Sanft nahm er ihr Gesicht in seine Hände und schaute sie besorgt an.

„Was ist mit dir, Liebes? Du zitterst ja. Komm, wir setzen uns."

Willig ließ sich Miriam von ihm zur Couch führen. Sie kämpfte gegen das Schluchzen in ihrer Kehle und rang nach Worten.

„Ach Robert, es ist furchtbar. Heute ist ein neuer Patient zu mir gekommen." Leise fügte sie hinzu: „Ich hab ihn gleich erkannt."

„Was soll das heißen 'Ich hab ihn gleich erkannt'? Wer ist es?"

Miriam schmiegte ihr feuchtes Gesicht wieder in die vertraute Mulde an seinem Hals und flüsterte tonlos:

„Winterstein ist der Mann, der meine Familie zerstört hat. Er hat meine Mutter auf dem Gewissen."

Es war totenstill in diesem Moment. Robert bewegte sich nicht, und Miriam spürte, wie er den Atem anhielt.

„Was sagst du da?" preßte er hervor.

Behutsam löste sie sich aus seiner Umarmung und setzte sich sehr gerade auf. Ihre Augen suchten seinen Blick.

„Es ist, wie ich es sage. Als wir uns kennenlernten, habe ich dir erzählt, daß meine Mutter starb, als ich fünfzehn Jahre alt war."

„Ja, aber ich verstehe nicht …" erwiderte Robert. Eine kleine Falte hatte sich auf seiner Stirn gebildet.

„Gleich wirst du verstehen." Mit einer liebevollen Geste strich sie über seine Hand.

„Wir waren mal eine glückliche Familie, Papa, Mama, Uwe und ich. Papa hatte zwar nur wenig Zeit für uns, weil er so mit seinem Betrieb beschäftigt war, aber trotzdem waren wir glücklich. Ich jedenfalls, und ich glaube, Uwe auch. Mama anscheinend weniger, und es kam eine Zeit, in der wir immer häufiger mitbekamen, wie die beiden sich stritten. Plötzlich schien es wieder bergauf zu gehen, und sie zankten sich kaum noch. Aber dann passierte es."

Miriam seufzte. „An einem Sonntag im April. Uwe und ich sind abends zum Tischtennisspielen in den Keller gegangen. Kurz danach kam Mama zu uns und sagte, daß sie dieses Versteckspiel nicht länger ertrage und nun klare Verhältnisse schaffen müsse. Es gäbe einen anderen Mann in ihrem Leben, sie habe die Absicht, mit ihm zusammenzuziehen, und Papa wisse es schon." Ein trauriges Lächeln umspielte Miriams Lippen. Nachdenklich senkte sie den Blick und fuhr leise fort: „Eine Woche später ist Mama tatsächlich ausgezogen. Während Papa im Betrieb und Uwe in der Schule war, hat sie zwei Koffer gepackt. Ich war krank und deswegen nicht in der Schule. Ich habe alles mitbekommen. Nachdem sie gepackt hatte, führte sie ein Telefongespräch. Dann kam sie in mein Zimmer und setzte sich an mein Bett. Sie sagte mir, sie habe mich und Uwe sehr sehr lieb. Wir klammerten uns aneinander und heulten beide. Als es an der Haustür klingelte, stand sie auf und ging. Sie ging einfach weg." Fassungslosigkeit schwang in Miriams Stimme. „Unten hörte ich Stimmen. Ich sprang aus dem Bett und rannte die Treppe runter. Sie war noch da. An ihrer Seite stand ein Mann. Jünger als Papa, mit lockigem blondem Haar und ganz dunklen Augen. Er war ungefähr in

Mamas Alter. Wir starrten uns an. Er sagte keinen Ton, nahm ihre Koffer und ging zur Tür. Ich setzte mich auf die unterste Treppenstufe und konnte nicht mehr aufhören zu weinen. Es war furchtbar." Miriam schluckte. „Und je mehr ich weinte, desto mehr wuchs mein Haß auf diesen blondgelockten Mann, der uns meine Mama weggenommen und damit unsere Familie zerstört hatte. Damals wußte ich seinen Namen noch nicht, aber kurze Zeit später sollte ich ihn erfahren."

Miriam sog tief Luft ein und stieß sie schnell wieder aus. Sehr betont verließ der Name ihren Mund: „Winterstein. Seinen richtigen Vornamen weiß ich sogar erst seit heute: Manuel. Wenn Mama ihn erwähnte, sprach sie immer von Manni, Manni Winterstein."

Robert beugte sich vor und griff nach der Saftflasche vor ihm auf dem Tisch. Er füllte ein Glas und hielt es mit fragendem Blick Miriam hin. Sie schüttelte den Kopf, und er trank einen Schluck.

„Und du bist dir sicher, daß es der ist, der heute bei dir war?"

Miriam nickte. „Absolut sicher. Ich weiß, es sind fast dreißig Jahre vergangen. Aber es ist ja nicht nur der gleiche Name. Er hat ein so unverwechselbares Äußeres. Die dunkelbraunen Augen und die blonden Locken, die mittlerweile allerdings fast grau sind. Dann diese hagere, sehr große Gestalt. Er ist es. Hundertprozentig!"

Nachdenklich ruhte Roberts Blick auf ihr, als er ihr die nächste Frage stellte. „Du hast mir mal erzählt, daß deine Mutter bei einem Autounfall ums Leben kam. Stimmt das nicht?"

„Doch, Robert, das stimmt. Aber es war nicht so, daß ihr ein betrunkener Autofahrer die Vorfahrt nahm. Sie war es, die betrunken war. Betrunken und vollgestopft mit Beruhigungsmitteln. Sie selbst hat den Unfall herbeigeführt, und zwar absichtlich."

Robert starrte sie an. „Willst du damit andeuten, daß ..."

„Ja, Robert." Voller Bitterkeit kamen die Worte über ihre Lippen.

„Sie hat auf diese Weise Selbstmord begangen, und Winterstein hat sie dazu getrieben."

„Wieso glaubst du das?"

„Ich weiß es. Ich weiß, daß Mama schon nach kurzer Zeit unglücklich war. Sie litt so unter der Trennung von Uwe und mir, und außerdem ..." Sie zögerte einen Moment, bevor sie zischend hervorstieß: „betrog sie dieser Schweinehund nach Strich und Faden. Das hat sie immer wieder angedeutet. Papa verbot uns jeden Kontakt zu ihr, aber einige Male trafen wir uns heimlich. Sie sah schlecht aus und wurde immer dünner. Aber sie kam von diesem Kerl nicht los."

Traurig blickte Robert sie an. „Warum erzählst du mir das alles erst jetzt? Hast du so wenig Vertrauen zu mir?"

Miriam griff nach seiner Hand und legte sie spontan für einen Moment an ihre Wange, bevor sie einen Kuß auf die schlanken Finger drückte.

„Aber Robert – wie kannst du so etwas nur denken! Natürlich vertraue ich dir, sonst könnte ich dir das alles gar nicht erzählen. Wir kennen uns erst seit zwei Jahren. Es gibt bestimmt einiges, was wir noch nicht voneinander wissen. Es hat sich bis jetzt einfach nicht ergeben, daß ich dir das so im Detail erzähle. Ist ja nicht so, daß ich ständig daran denken muß. Ich habe praktisch gar nicht mehr an diese Geschichte gedacht. Bis heute nachmittag."

Robert schien beruhigt. „Hast du diesen Winterstein nur das eine Mal gesehen, von dem du erzählt hast?"

„Nein, in dem Jahr danach habe ich ihn noch zweimal gesehen. Ich hatte mich mit Mama in einem Café getroffen, und er holte sie ab. Einmal setzte er sich sogar kurz zu uns und bestellte einen Tee. Er redete kaum mit uns, und Mama war sehr befangen."

„Glaubst du, daß er dich heute auch wiedererkannt hat?"

„Ausgeschlossen. Ich war damals ein pubertierendes Pummelchen mit langen blonden Zöpfen. Heute sind meine Haare viel dunkler, ich trage eine Brille, habe einen anderen Familiennamen – und außerdem sind fast dreißig Jahre vergangen."

„Er hat bestimmt bemerkt, daß mit dir was nicht stimmt. So aufgeregt wie du warst, als du nach Hause kamst ... Ich möchte nicht wissen, wie es dir in der Praxis ging. Und nach ihm hast du noch andere Patienten behandelt? Du hast Nerven!"

„Nein, er war der letzte Patient, und ich glaube, ich hatte mich ganz gut unter Kontrolle. Die weichen Knie kamen eigentlich erst, als alle weg waren und ich allein in der Praxis saß."

Robert erhob sich und vergrub seine Hände in den Hosentaschen. Angespannt ging er im Wohnzimmer auf und ab.

„Und? Kommt er noch mal wieder? Wenn ja, was dann?"

Miriam griff resigniert nach einer Zigarette. „Um ehrlich zu sein – ich weiß es noch nicht genau. Er hat einen Termin für nächste Woche. Wie ich mich kenne, werde ich ihn wohl ganz normal behandeln, mir nichts anmerken lassen und dann hoffen, daß er nie wiederkommt. Ich habe ja noch ein paar Tage

Zeit, mich auf die nächste Begegnung einzustellen. Es wird schon irgendwie gehen."

„Verpaß ihm Amalgam." Robert lachte kurz und bitter auf: „Damit tust du ihm nichts Gutes – behaupten zumindest einige Experten! Ach Miriam ..." Er nahm wieder neben ihr Platz und zog sie zärtlich in seine Arme. „Mein armer Schatz – ich bin immer für dich da."

Dankbar kuschelte sich Miriam an ihn und seufzte tief. „Ich bin so froh, daß ich es dir erzählt habe. Jetzt geht es mir schon besser. Halt mich fest, Robert, halt mich ganz fest ..."

Am Sonntag abend saß Miriam allein vor dem Fernseher. Robert war mit einem Arbeitskollegen zum Tennisspielen gegangen. Es fiel ihr immer schwerer, sich auf die Handlung zu konzentrieren, und so schaltete sie schließlich den Fernseher aus und nippte nachdenklich an einem Glas Rotwein. Sie dachte noch einmal über alles nach, was sich damals zugetragen hatte und fühlte Bitterkeit und Wut in sich aufsteigen.

Ich muß doch bescheuert sein, schoß es ihr durch den Kopf, der Kerl liegt direkt vor meiner Nase, er ist mir praktisch ausgeliefert. Warum lasse ich mir diese Chance eigentlich entgehen? Ich habe nie damit gerechnet, daß ich ihn noch einmal wiedersehe; Berlin ist schließlich kein Dorf. Das kann doch kein Zufall sein, daß er ausgerechnet in meine Praxis kommt. Was soll ich nur tun? Wie sagte Robert? Ich soll ihm Amalgam geben. Scherzbold. Am liebsten würde ich diesem Schwein ganz was anderes geben.

Miriam zündete sich eine Zigarette an und füllte erneut ihr Weinglas, als ihr plötzlich ein ungeheuerlicher Gedanke kam. Moment mal, wie war das während ihres Studiums gewesen? Sie erinnerte sich. Es war in der physiologischen Abteilung der Uniklinik. Ihre Freundin Ulrike arbeitete noch heute dort. Der Professor hatte vor den Studenten Demonstrationen gemacht mit Cyanid als Zellgift. Schon eine winzige Menge reichte aus, um jemanden zu vergiften. Nachweisen würde man die Substanz ohnehin nicht können, das heißt, theoretisch natürlich schon, aber wer käme auf die Idee, daß ... Wie wäre es zum Beispiel, wenn eine Unterfüllung cyanidhaltig wäre? Wie würde sich das wohl auf den Patienten auswirken? Und wenn dann noch die endgültige Amalgamfüllung ohne die nötige Sorgfalt angebracht würde? Was könnte dann geschehen?

Sehr aufrecht saß Miriam in der äußersten Ecke ihres Sofas und spürte, wie ihr Herz immer schneller schlug, während sie ihrer Phantasie freien Lauf ließ.

Die Amalgamfüllung muß einerseits schlecht angebracht sein, andererseits natürlich einige Zeit halten. Irgendwann in nächster Zeit bricht ein Stückchen der Füllung raus, und das Cyanid wird frei. Er schluckt es, es wird im Dünndarm resorbiert und gelangt dann in die Blutbahn, das heißt, in die einzelnen Zellen, wo es die Atmung blockiert. Die Folge wäre eine schöne innere Erstickung. Winterstein fällt einfach um, windet sich, greift sich an den Bauch und – ist tot. Ja, so müßte es gehen. Außerdem, auf dem Patientenformular hatte er angegeben, daß er schon mal einen Herzinfarkt hatte. Bei der Vorgeschichte würde niemand vermuten, daß irgendwas nicht mit rechten Dingen zugeht. Was hat er noch erwähnt? Daß er demnächst für längere Zeit nach Amerika reist. Besser geht es doch wohl nicht.

Entschlossen stellte Miriam ihr Glas ab und drückte die halb gerauchte Zigarette im Aschenbecher aus. Sie nahm sich vor, mal wieder bei ihrer Freundin Ulrike im Labor vorbeizuschauen. Am besten gleich morgen nach der Arbeit. Das hatte sie schon öfter gemacht. Aber diesmal … Gut, daß Ulrike so schusselig war und bei ihr immer alles offen herumstand.

Miriam atmete tief durch und setzte ein freundliches Lächeln auf, bevor sie einige Tage später das Behandlungszimmer betrat, in dem Winterstein bereits Platz genommen hatte.

„Guten Tag, Frau Doktor."

Wieder streckte sich ihr die knochige Hand entgegen, die sie mit leichtem Schauder ergriff. Seine dunklen Augen blickten sie freundlich und offen an.

„Guten Tag, Herr Winterstein. Heute ist die letzte Füllung dran. Ach, Irene" wandte sich Miriam an ihre Helferin, „wir haben heute so viel Betrieb, ich mach die Füllung hier allein. Gehen Sie bitte in Zimmer zwei zu Frau Schmitz und polieren Sie die neuen Füllungen."

Nun waren sie allein, und Miriam spürte, wie sie ganz ruhig wurde. Winterstein öffnete den Mund, und sie begann mit ihrer Arbeit. Das Geräusch des Turbinenbohrers vermischte sich mit dem des Saugers.

„So, jetzt kommt die Unterfüllung", sagte sie, während sie dachte *wenn du wüßtest …!* Danach brachte sie die neue Füllung an.

„Das wär's, Herr Winterstein. Heute ist Mittwoch. Können Sie am Montag morgen zum Polieren kommen?"

Er spülte den Mund aus und schüttelte lächelnd den Kopf. „Lieber morgen oder am Freitag, wenn es geht. Am Montag bin ich nicht mehr in Berlin. Ich fliege am Sonntag in die USA."

„Ach ja“, Miriam bemühte sich, ihre Stimme beiläufig klingen zu lassen, „das haben Sie erwähnt.“

„Ja, jetzt kann ich es mir erlauben, ich bin seit kurzem im Ruhestand. Ich fliege für einige Monate nach Chicago zu meinem Bruder. Der ist vor zwanzig Jahren ausgewandert.“

Winterstein erhob sich aus dem Behandlungsstuhl.

„Ich wünsche Ihnen eine gute Zeit drüben. Auf Wiedersehen, Herr Winterstein.“ *Ein Wiedersehen wird es nicht geben*, fügte Miriam in Gedanken hinzu, *denn bald, Winterstein, wirst du tot sein!*

„Auf Wiedersehen, Frau Doktor, und vielen Dank!“

Seine Hand lag bereits auf der Türklinke, als er sich noch einmal zu Miriam umdrehte. „Übrigens, wie ist es möglich, daß ich so schlechte Zähne habe und mein Bruder so gute? Wir sind nämlich eineiige Zwillinge, müssen Sie wissen, und Manfred hat keine einzige Füllung.“

Miriam starrte Winterstein an. Ihre Augen weiteten sich entsetzt, während sie in Gedanken eine doppelte Ausgabe Wintersteins vor sich sah: Manuel und Manfred. Welcher war Manni Winterstein? Sie schwankte, und ihre Hand krallte sich haltsuchend an der Ablage fest. Wintersteins letzte Worte drangen nur noch gedämpft zu ihr.

„Das muß man sich mal vorstellen. Eigentlich müßten wir beide doch gleich gute oder gleich schlechte Zähne haben, oder nicht?“

Bevor Miriam ohnmächtig wurde, nahm sie noch das plötzliche Erschrecken in Wintersteins Gesicht wahr.

„Oh, Gott, Frau Doktor, was ist mit Ihnen? Sagen Sie doch was!“

Durch sein Rufen war Irene aufmerksam geworden, die in diesem Moment das Behandlungszimmer betrat. Winterstein kniete hilflos an Miriams Seite.

„Rufen Sie schnell einen Arzt, Ihre Chefin ist umgekippt! Scheint Kreislaufprobleme zu haben, die Ärmste …“

Die Traumfrau

Britta war seine absolute Traumfrau. Jedesmal, wenn Peter an sie dachte – und das kam häufig vor – durchzuckte es ihn wie ein Blitz, und ein warmes Kribbeln strömte durch seinen Körper.

Vergeblich versuchte Peter, sich auf seine Arbeit zu konzentrieren. In zwei Tagen mußte der Bericht abgegeben werden. Trotz des Zeitdrucks konnte Peter nicht verhindern, daß seine Gedanken abschweiften. Es würde alles nichts helfen. Wie schon so oft in der Vergangenheit, waren wohl wieder einmal Überstunden angesagt. Er seufzte lächelnd und gestattete sich noch einmal zu träumen, bevor er sich mit der ihm größtmöglichen Disziplin wieder seinen Papieren zuwandte.

Britta war eine großartige Frau, und Peter hatte das Gefühl, daß sie sich dessen durchaus bewußt war. Eine rötlich-braune Lockenmähne umspielte ihr schmales Gesicht. Die Augen unter den langen dichten Wimpern sprühten grüne Funken. Ihre Augenbrauen erinnerten Peter an die dunkle Farbe von Tannenhonig und waren ständig in Bewegung. Wie die Schwingen eines Vogels, der unschlüssig ist, wo er landen soll. Die schmale Nase war übersät mit vorwitzigen Sommersprossen. Britta hatte einen ausgesprochenen Kußmund mit vollen schimmernden Lippen, und wenn sie beim Lächeln ihre makellosen Zähne zeigte, mußte Peter sich beherrschen, sie nicht an sich zu reißen. Sie war hochgewachsen und schlank, mit Kurven an den richtigen Stellen. Ihr Parfum war unaufdringlich und intensiv gleichzeitig und wehte wie ein durchsichtiger Mantel um ihre elegante Erscheinung.

Als Peter sie vor neun Jahren zum ersten Mal gesehen hatte, verschlug es ihm förmlich den Atem, und er spürte augenblicklich, daß er diese Frau liebte, sie immer lieben würde. Mit Entsetzen registrierte er damals, daß ein schlichter Ehering den Ringfinger ihrer rechten Hand verunstaltete. Dies stürzte ihn augenblicklich in tiefste Verzweiflung. Er hörte kaum noch, was sie sagte und kam erst wieder zu sich, als sie ihm lächelnd die beringte Hand reichte. Ihre kühlen, schlanken Finger zu spüren, war beinahe zu viel für Peter. Er hielt Brittas Hand einen Moment länger als angebracht und drückte sie voller Zärtlichkeit. Erstaunt und irritiert entzog sie ihm die Hand und wandte sich dann lächelnd den anderen zu.

Peter folgte ihr mit seinen Blicken und gab sich ganz dem Schmerz seiner Phantasie hin. Er stellte sich vor, wie sie ihre Arme um den Hals eines gutaussehenden Mannes – ihres Mannes – schlang, der ihren mädchenhaften Körper mit einer besitzergreifenden Geste an sich zog. Er stellte sich vor, daß sie beim Küssen die schönen grünen Augen schloß, während der Mann seine Hände in ihrer Haarpracht vergrub.

„Herr Schmitz?“ Ihre sanfte Stimme beendete seine quälenden Gedanken.

„Ja, … ja, natürlich“, antwortete Peter zerstreut.

Sein Blick wanderte zu ihren nackten Unterarmen. Noch nie hatte er so vollkommene Unterarme gesehen wie die ihren. Unter der alabasterfarbenen Haut zeichneten sich ihre Adern ab. Nicht blau, wie bei ihm oder anderen gewöhnlichen Menschen, sondern türkisfarben wie eine zarte Malerei auf einer wertvollen Leinwand.

Mehr als alles andere wünschte Peter sich, er könne Britta allein sehen, ohne all diese Menschen um sie herum. Er malte sich aus, wie er nach ihrer, diesmal unberingten Hand greifen und sie zu seinen Lippen führen würde. Ihr Gesicht würde er dabei keine Sekunde aus den Augen lassen, und die Liebe, die in ihren smaragdfarbenen Augen leuchten würde, gälte nur ihm allein.

Die Realität war anders. In diesen neun Jahren war er ihr genau fünfmal begegnet. Jedesmal fieberte er ihrem Wiedersehen entgegen und konnte schon einige Nächte vorher nicht mehr richtig schlafen. Wenn er sie dann endlich erblickte, ihre Hand schüttelte und mit ihr redete, mußte er bekümmert feststellen, daß sie ihm anscheinend nur berufliches Interesse entgegenbrachte. Ihre Freundlichkeit hatte etwas Unverbindliches, er konnte sich auf ihre Worte nichts einbilden, galten sie doch den anderen genauso wie ihm.

In ihrer Gegenwart war Peter befangen. Wie gern hätte er mal einige private Worte mit ihr gewechselt, ihr ein Kompliment gemacht und sie zum Essen eingeladen. Aber wenn er sie, ihren Ehering und die anderen Menschen sah, verließ ihn der Mut, und er verwünschte seine Schüchternheit. Nichts fürchtete er mehr, als sich einen Korb zu holen.

Gekränkt und hilflos sah er, wie locker sich Christoph mit Britta unterhielt. Christoph war nicht nur sein Arbeitskollege, sondern auch ein guter Freund. Trotzdem – mit dieser unglücklichen Liebe wagte es Peter nicht, sich ihm anzuvertrauen.

Obwohl er nicht halb so gut aussah wie Peter, war Christoph sehr viel selbstbewußter und mutiger. Seit fast drei Jahren war er jetzt mit seiner Klara zusammen und glücklich. Demnächst wollten sie heiraten. Peter sollte Trauzeuge sein und hatte dafür extra seinen Urlaub verschoben.

Als der Termin näherrückte, an dem Peter seine Traumfrau wiedersehen würde, wurde er zunehmend nervöser. Das letzte Mal hatte er sie vor eineinhalb Jahren gesehen, und die Zeit war ihm endlos erschienen. Diesmal, das spürte er, würde alles anders sein. Es war wie eine Vorahnung. Etwas würde geschehen. Etwas Wunderbares. Peter konnte den Tag kaum erwarten. Seine Nervosität steigerte sich von Stunde zu Stunde. Wie würde sie aussehen? Würde sie sich verändert haben? Nein, an dieser Frau schien die Zeit spurlos vorüberzugehen.

Als er sich am Morgen des für ihn so bedeutsamen Tages die Krawatte band, warf er einen letzten Blick in den Spiegel und war zufrieden mit dem Anblick: groß, muskulös, mit dichtem blondem Haar und braunen warmen Augen hinter einer goldgerahmten Brille. Die Jacketkronen waren eine gute Investition gewesen, und das pfenniggroße Muttermal auf seiner linken Wange gab seinem attraktiven Gesicht einen eigentümlichen Reiz.

Peter kam gut an bei den Frauen, obwohl nie er es war, der die Initiative ergriff. Die Frauen gingen auf ihn zu, waren entzückt von seiner Schüchternheit, die in so starkem Kontrast zu seinem Aussehen stand und erfreuten sich daran, ihn zu erobern.

Eine Stunde später war es soweit. Als er den Raum betrat, war Britta schon da, und wie immer stockte ihm der Atem bei ihrem Anblick. Ihr Haar war etwas kürzer, und sie hatte abgenommen. Und dann sah er es: Er konnte es kaum fassen und vergewisserte sich durch einen zweiten Blick, daß er sich nicht geirrt hatte.

Sie trug keinen Ehering mehr.

Ihre rechte Hand war vollkommen nackt. Einzig ein blasser Schimmer an ihrem Finger ließ erahnen, daß dort vor kurzem ein Ring getragen worden war. Britta erschien Peter so schön wie noch nie. Heute, das wußte er jetzt mit Sicherheit, heute würde er sie fragen, selbst auf die Gefahr hin, vor Aufregung einen Herzinfarkt zu bekommen oder, was noch schlimmer wäre, sich eine Abfuhr zu holen. Er würde warten, bis alles vorbei wäre und es dann so einrichten, daß er allein mit ihr reden konnte. Es mußte einfach klappen. Peter hatte das Gefühl, daß Britta ihn anders ansah als sonst, aber er war sich nicht sicher, ob ihm nicht seine Phantasie nur einen Streich spielte.

Diesmal wechselte sie erst einige Worte mit Christoph, bevor sie zu ihm kam und ihm lächelnd die Hand entgegenstreckte. Peter nahm seinen ganzen Mut zusammen.

„Frau Engelhardt", sagte er mit erstickter Stimme, während er ihre Hand festhielt, „wenn hier alles vorbei ist, hätten Sie dann einen Moment Zeit für mich?"

So, jetzt war es heraus. Nun gab es kein Zurück mehr, und Peter wagte kaum, ihr in die Augen zu sehen.

„Ja, Herr Schmitz. Bleiben Sie nachher einfach noch hier."

Peter wollte etwas sagen, brachte aber nur ein hilfloses Lächeln zustande. Seine Kehle war wie zugeschnürt. Zwanzig Minuten später verließen die anderen nach und nach den Raum. An der Tür drehte Christoph sich um und sah Peter fragend an. „Kommst du?"

„Gleich, Christoph, ich komme gleich." Peters Kehle war trocken, und er beobachtete, wie Britta ihren Füllfederhalter schloß und die Dokumentenmappe zuklappte. Dann schaute sie ihn lächelnd an.

„Frau Engelhardt“, keuchte Peter und schluckte. „Kann ich Sie, ich meine, würden Sie …“ Peter stockte und fuhr sich mit der Zunge über die trockenen Lippen. „Frau Engelhardt.“ Peter ging einen Schritt auf sie zu, und mit einer für ihn beinahe tollkühnen Geste griff er nach ihrer Hand. „Darf ich Sie zum Essen einladen?“

Britta Engelhardt schaute ihn nachdenklich und gleichzeitig amüsiert an. Ihre Hand ruhte immer noch in seiner, und sie entzog sie ihm nicht.

„Herr Schmitz, wie oft haben wir uns nun schon gesehen?“ Sie lächelte.

„Heute das sechste Mal in neun Jahren“, antwortete Peter. „Aber heute ist alles anders.“

„Stimmt“, sagte die schöne Standesbeamtin immer noch lächelnd. „Heute waren Sie mal der Trauzeuge und nicht der Bräutigam. Was würden Sie an meiner Stelle tun? Schließlich sind Sie ein Blaubart“, sagte sie mit gespielter Strenge. „Ich muß es wissen. Immerhin war ich es, die Sie fünfmal verheiratet hat.“

„Sie haben Recht“, seufzte Peter. „Aber ich habe es nur getan, weil …“

Peter stockte und suchte nach den richtigen Worten.

„Sie brauchen mir nichts zu erklären“, lächelte Britta. „Ich habe verstanden. Und ich nehme Ihre Einladung an.“

Sie zögerte. „Und was alles andere angeht – lassen Sie mir noch etwas Zeit.“

Peters Strahlen schien den Raum zu erhellen. „Jetzt habe ich neun Jahre gewartet“, flüsterte er glücklich, „da kann ich auch noch ein bißchen länger warten.“

Maria

„… aber sprich nur ein Wort, so wird meine Seele gesund.“

Gott spricht nicht mit dieser Maria. Das harte Kirchenbankholz schmerzt an den Knien, Maria verharrt in der unbequemen Stellung. Vielleicht schmerzt es noch nicht genug, vielleicht erregen zwanzig Minuten mehr doch noch Gottes Aufmerksamkeit. Maria versucht zu beten, aber sie kann sich an nichts erinnern, obgleich sie als Kind mindestens zweimal in der Woche am Gottesdienst teilnehmen durfte. Ja, durfte, denn damals war sie bei den Pfadfindern, und alles war nur ein Spiel. Ein schönes, feierliches Spiel, das sie mit vielen Kindern spielte und das dafür sorgte, daß sie sich nicht auf der Straße herumtrieb. Ein staatlicher, beinahe kostenloser Babysitter.

Das Spiel hörte auf, als sich die schwarzbehaarten Finger des betrunkenen Kaplans unter ihr luftiges Sommerröckchen schoben, suchend, fetten Maden gleich, den noch nicht borstigen Flaum durchtrennten und zielstrebig, die dickste Made voran, in die warme rosige Öffnung stieß, aus der später einmal die lieben Kinderchen kommen sollten und doch nie kamen.

„Hilf mir Gott, so hilf mir doch!“ Maria erinnert sich nicht an die Texte aus den Gottesdiensten. Seit fast vierzig Jahren hat sie Gott nicht mehr mit anderen Gläubigen gedient, vor einigen Jahren erst hat sie den endgültigen Schlußstrich gezogen und hat es seither schwarz auf weiß, daß sie auf dem Amtsgericht erschienen ist und ihren Austritt aus der römisch-katholischen Kirche erklärt hat.

Abgestempelt.

Heimlich geht sie weiterhin in Kirchen, aber leer müssen sie sein. Sie setzt sich dann in die letzte Bank und betet ein Vaterunser nach dem anderen, das kann sie noch, und manchmal starrt sie so lange auf eine bemalte Christusfigur, bis ihre Augen tränen und sie nicht mehr klar sehen kann und für Sekunden den Eindruck hat, der Hölzerne blinzele ihr verständnisvoll zu.

Es ist doch etwas anderes, in der großen Kirche zu beten als daheim vor ihrem Hausalter. Vielleicht hat sie seit ihrem Austritt gar nicht mehr das Recht, in einer Kirche Gottes Beistand zu suchen. Sie schleicht sich in die Kirchen hinein und wieder hinaus, als täte sie etwas Verbotenes. Ihr Gewissen ist schlecht, so wie sie selbst schlecht ist und zu nichts nutze. Ohne Familie, ohne Arbeit, ohne Hoffnung.

Maria ärgert sich ständig über irgendwen oder irgendwas. Das hat sie von ihrem Vater gelernt. Auf ihrem Klavier, das nur als Ablage für Photographien, Muscheln und Papiere dient und von ihr nie mehr als vielleicht zwei Stunden im Jahr zum Klingen gebracht wird, ist in einem versilberten Rahmen ein Kinderbild zu sehen. Auf dem ist sie vier Jahre alt, ein zartes dunkelhaariges Mädchen, das Sorgen hat und dennoch lacht. Maria liebt und haßt dieses Bild zugleich. Sie tut es, weil es so starke Gefühle in ihr hervorruft, und davor hat sie Angst. Am besten ist es, nichts zu fühlen, dann kann einem auch nichts wehtun.

Das Klavier steht am Wegrand zum Wohnzimmer. Das kleine Mädchen auf dem Bild schaut sie immer anders an. Mal voller Mitleid, dann wieder vorwurfsvoll.

Unbegreiflich, wie man angesichts so viel Unschuld und Liebreiz zuschlagen kann. Welch Dämon führt die Vaterhand immer und immer wieder, um sich in dieses weiße weiche Kinderfleisch zu graben, zu schlagen und manchmal auch zu treten, bis man vor Schmerz und Todesangst vergeht. Vielleicht gibt es ein Geheimnis, hinter das Maria nie gekommen ist? Keinen Widerstand leisten und sich totstellen? Womöglich hätte sich dann das Leiden verkürzt, der Vater sich nicht angestachelt gefühlt durch die verzweifelte Gegenwehr und Schmerzensschreie.

Aber Maria hat immer geschrieen, wenn sie mißhandelt wurde, dabei muß sie doch geahnt haben, daß ihr Vater es eigentlich haßte, sie zu schlagen. Er konnte eben nicht anders. Sein Schicksal war eine Krankheit, die ihn zu einem der jüngsten Rentner des Landes gemacht hatte. Wie gern hätte er Frau und Tochter durch eigener Hände Arbeit ernährt, aber da ihm gesagt worden war, er werde nicht lange leben, legte er seine ganze Wut und Frustration in die zur Untätigkeit verdammten Hände und gab ihnen in den Schlägen auf sein Erzeugnis doch noch eine – wenn auch sinnlose – Aufgabe.

Maria hatte ihren Vater mehr geliebt als jeden anderen Menschen auf der Welt. Denn er stellte sie vor eine Herausforderung, solange er lebte: Um seine Anerkennung und Liebe zu kämpfen. Bei ihrer Mutter brauchte sie das nie zu tun. Deren Liebe war ihr gewiß, wie auch die Unfähigkeit, ihr einziges Kind zu beschützen. Sie mußte Geld verdienen gehen, um die kleine Familie zu ernähren, das Kind mit den traurigen Augen und den kranken Mann, dessen Krankheit sich neun Monate nach der Hochzeit Schock und Wehen auslösend offenbart hatte und dessen von allen erwartetes Ableben sie wohl noch in jungen Jahren zur Witwe machen würde. Das war auch der Grund, auf ein zweites Kind zu verzichten. Eine Witwe mit einem Kind kommt besser durch als eine mit zweien. Derweil hatte sich der Vater bis zu seinem Tod um das Mittagessen zu kümmern. Darin waren seine Hände gut, denn es hatte fast immer geschmeckt.

Wie gern hätte Maria ein Klonkind. Einen Klon ihrer selbst. Eine neue kleine Maria, die man entschädigen konnte für Sünden, die an der alten großen Maria begangen worden waren. Sich selbst aufwachsen sehen, geliebt, gehalten, geschützt. Dieser neuen Maria würde die Welt offenstehen bei all den Fähigkeiten und Talenten, die bei der alten Maria schon lange brachlagen.

Solche und andere abstruse Träume hat Maria nachts, wenn sie eigentlich schlafen und sich vom Nichtstun ausruhen sollte. Aber der Schlaf ist ihr abhanden gekommen, als sie noch ein kleines dünnes Mädchen war, vier oder fünf Jahre alt, in der winzigen Zweizimmerwohnung in einem Holzbett mit Gitterstäben zu Füßen ihrer Eltern schlafend. Nachts plötzlich erwachend von merkwürdigen Geräuschen, die Betten der Eltern leer. Herzklopfen, Angst, aus dem Bettchen steigend, die Tür zum anderen Zimmer – der Wohnküche – öffnend und entsetzt starrend auf das, was sich ihren ohnehin schon traurigen Augen bietet: Der Vater auf dem Boden kniend, Blut erbrechend in eine große weiße Emailleschüssel, die Mutter neben ihm, ihn haltend und selbst ohne Halt. Und ohne Telefon. Geh zurück ins Bett, so geh doch. Aber das Kind kann nicht. Es kann sich nicht bewegen vor Angst und Faszination. Die Mutter erhebt sich, läuft Hilfe holen, läuft weit, zu weit, die Nachbarn braucht man gar nicht wecken, die sind auch nicht verdrahtet.

Der Vater dreht sein weißes Gesicht zu dem Kind, geh doch ins Bett sagt er, bevor ein neuer roter Schwall den Mund verläßt. Das Kind zittert, daß die Zähne aufeinanderschlagen. Es traut sich nicht, zum Vater zu gehen, um ihn zu halten, wie es die Mutter getan hat. Besser ihm jetzt nicht nahekommen, wer weiß, vielleicht wird er wütend. Das Kind muß auf der Hut sein, immer auf der Hut sein, denn nie kann man wissen.

Die Mutter kommt zurück, läuft nervös zwischen dem Blutenden und der Tür hin und her, dann das erlösende Klingeln, der Krankenwagen ist da. Sie soll mitkommen ins Krankenhaus, ihr Mann wird die Nacht wohl nicht überleben, den fünften und schwersten Blutsturz in den vergangenen vier Jahren. Irgendwann ist Schluß, dann hilft kein Beten mehr, und manchmal müssen eben auch sehr junge Rentner sterben.

Das Kind, wohin mit dem Kind. Während der Mann auf die Trage gebettet wird, bringt die Frau das Kind ins Bett, deckt es zu, streicht ihm über die Wange und sagt, es solle keine Angst haben, alles werde gut, die Mutti käme so schnell wie möglich zurück, es solle jetzt schlafen. Dann ist alles still.

Das Kind liegt in seinem Bettchen und lauscht. Sein ganzer Körper ist verkrampft, und es wagt kaum zu atmen, damit ihm nichts entgeht. Einige Male will der Schlaf es übermannen, aber das Kind ist stärker, es wehrt sich, alles, nur jetzt nicht schlafen, wer weiß, was dann geschieht. Also reißt es sich selbst zurück in die Wachheit, immer wieder, es könnte etwas Schlimmes geschehen, wenn es einschläft, es muß wach bleiben. Und es bleibt wach, die ganze Nacht. Da hört es den Schlüssel im Schloß, auf dieses Geräusch hat es gewartet, die

Mutter kommt gleich zu ihm, der Vater lebt noch, aber wie lange. Der Kelch des Halbwaisentums ist noch nicht vorübergegangen, jetzt heißt es abwarten und abermals beten.

Seit jener Nacht hat Maria das Schlafen verlernt. Sie ist bekannt als die Frau, die nicht schläft, die man jederzeit anrufen kann, auch in der tiefsten Nacht, sie, die immer noch Lauschende, gegen den Schlaf Kämpfende, verzweifelt Wartende.

Immer wieder hat Maria es erzählt, auch den Ärzten in den Kliniken, das und all die anderen furchtbaren Dinge, die sie daran gehindert haben, jemals kindliche Unbeschwertheit zu empfinden. Das Leben ist schwer, wenn man nicht als Kind, sondern als Erwachsene geboren wird und mit jedem Schluck Muttermilch Verantwortung in sich aufnimmt.

Maria wartet darauf, daß ihr Leben endlich beginnt. Wird es nicht Zeit, jetzt, mit Anfang fünfzig? Bisher hat sie noch nicht gelebt, nur überlebt. Nach vorn will sie schauen, denn vorn kann es nur besser sein als hinten, aber hinten läßt sie nicht los. Am tiefsten von allen Verletzungen ist die Vaterwunde, und die ständigen Erinnerungen sind das Salz, das sie am Heilen hindert. Sich erinnern ist etwas Konkretes, da weiß man, was man hat. Nach vorn schauen bedeutet für Maria träumen. Von besseren Zeiten, von Rettung und vom Leben, das ihr doch zusteht nach allem. Am schwersten zu ertragen ist die Gegenwart. Mit der kann sie nichts anfangen, sie ist das unvermeidliche Bindeglied zwischen Erlittenem und Erhofftem, aber konturlos und vage.

Maria ist froh über jeden Tag, den sie hinter sich gebracht hat. Sie wundert sich oft darüber, daß sie noch lebt. Seit ihrer Kindheit erzählt sie allen, daß sie nicht alt wird. Auch das hat sie ihrem Vater abgehört. Ihm war immer alles egal, weil er ja sowieso nicht alt werden würde. Warum sich also bemühen, lernen, anstrengen? Er wurde achtundfünfzig Jahre alt, betrogen um einen frühen, manchmal erwünschten Tod, versehen mit den Tröstungen der heiligen katholischen Kirche, hinabgefahren in das Reich der Hölle, er sitzt zur Rechten seines Vaters, des noch größeren Tyrannen und weint um sein verpfuschtes Leben.

Jeden Tag geht Maria spazieren. Immer dieselbe Strecke über die Felder, am Waldrand entlang, dann durch das Industriegebiet nach Hause oder anders herum. Asphaltierter Boden zerteilt die Landschaft wie ein begradigter grauer Fluß. Dieser Spaziergang dauert zwischen sechzig und achtzig Minuten, je nachdem, ob Maria den Kopf oben hält und forsch ausschreitet oder grübelnd den Boden erkundet. Die Geschehnisse unten sind oft interessanter als die in Augenhöhe, das ist nicht nur beim Spazierengehen so. Da gilt es, Ameisen, Raupen und Schnekken auszuweichen, umgedrehten Käfern auf die Beine zu helfen, die Buntheit der Pflanzen und Abfälle am Wegrand zu registrieren, sich über das eine zu freuen, das andere zu ärgern, Vögel zwitschern, Spechte hämmern und Hunde bellen zu hören, die ihren Menschen Auslauf verschaffen. Man kann die platten Kaugummireste zählen, sich ausmalen, welche Kiefer sie in Bewegung hielten, außerdem bei Regen auf die Pfützen achten und sie umgehen, denn Marias Schuhe sind alle nicht wasserdicht. Deshalb hat sie einen Vorrat an dünnen Plastiktüten, die sie sich in der Obst- und Gemüseabteilung des Supermarktes holt und in die sie vor einem Regenspaziergang hineinschlüpft, die Enden unter den Strumpfrand stopfend.

Es kostet Maria Überwindung, diesen Spaziergang zu machen, aber sie hat zwei Gründe, sich täglich von neuem aufzuraffen. Der eine Grund ist die Zufriedenheit, die sie empfindet, wenn sie wieder nach Hause kommt. Zumindest in dem Bereich klappt es halbwegs mit der Selbstdisziplin. Der andere Grund ist der wichtigere, auch wenn er banal klingt: Maria geht für ihre Gesundheit oder besser gegen ihre Krankheiten an, von denen einige sie schon seit ihrer Kindheit quälen. Eine beinahe zwangsläufige Entwicklung, wenn sich im Elternhaus alles nur um dieses Thema dreht. Vom kranken Vater selbst nur wenig angesprochen, änderte es das Verhalten der Mutter auf tragische Weise. Entweder sie sprach von Krankheiten oder davon, was man tun müsse, um gesund zu bleiben. Da wurden entsprechende Artikel aus Zeitschriften ausgeschnitten und Sendungen angeschaut, die sich mit Leiden oder Wohlbefinden befaßten. Dicke Gesundheitsbücher dekorierten den Wohnzimmerschrank und gaben ihm, zumindest aus einigem Abstand betrachtet, einen intellektuellen Anstrich. Über allem lag abwechselnd der Geruch von Franzbranntwein, Kamillentee und Lebertran.

Sich diesem Klima zu entziehen, war Maria nicht möglich, es abzustreifen, nachdem sie das Elternhaus verlassen hatte, auch nicht. Trotzig raucht sie seit mehr als dreißig Jahren. Von diesem Laster kommt sie einfach nicht los.

Als Christian in ihr Leben trat, spielten Krankheit und Tod plötzlich nur noch eine untergeordnete Rolle. Die Gier nach Leben, die Sehnsucht nach

Glück und Erfüllung standen im Vordergrund. Mit dem Ende der Beziehung stellten sich auch die alten Gedanken und Ängste wieder ein, stärker als zuvor.

Maria ist nun schon seit mehr als zwanzig Jahren geschieden, aber ihr Ex-Mann hat bis zu seinem Unfalltod vor vier Jahren nie erfahren, daß ein Kuß der Anlaß für sie gewesen war, sich nach kurzer Ehe von ihm zu trennen. Ein heißblütiger, wilder Kuß, mit dem sie ein kleiner, zehn Jahre jüngerer Venezolaner auf einer Feier erst überrumpelt und dann herausgefordert hatte. Das Kußduell hatte nahezu eine Stunde gedauert und war unentschieden ausgegangen.

Mit glühenden Lippen und der schon während der Heimfahrt dämmernden Erkenntnis, daß sie sich trotz aller Liebe nun von Christian würde trennen müssen, kam sie schließlich zu Hause an, dankbar, daß ihr Mann wie immer erst am Wochenende heimkommen würde und sie ihren Zustand nicht sofort erklären mußte.

Christian war ein lieber netter Langweiler, zuverlässig, ängstlich auf Sicherheit bedacht, der sich am Wochenende an seiner süßen Frau und unter der Woche an hochglänzenden Pornoheften erfreute. Irgendwann würde er es zu etwas bringen und dann könnte man sich mit Hilfe des Bausparvertrages, den er gleich zu Beginn seiner Ausbildung abgeschlossen hatte, ein Häuschen im Grünen, zwei Kinder, ein schickes Auto und eine jährliche Fernreise leisten. Maria hatte sich in Christian verliebt, weil er so schön war. Sie hatte sich sofort in ihn verliebt, sah er doch aus wie einem ihrer Lieblingsbilder entstiegen, ein fröhlicher Amor als Sieger, wie ihn einst Caravaggio verewigt hatte. Sie selbst glich nach Aussagen eines Studenten der Kunstgeschichte der Mademoiselle Lanthelme von Boldini, so daß sie und

Christian ein durchaus schönes Paar abgaben. In den ersten Monaten ihres Zusammenseins vergötterte Maria ihren Freund und litt unter schwerer Eifersucht, ein Gefühl, das ihr bis dahin fremd gewesen war und das sie als Gradmesser für ihre Liebe zu Christian nahm. Damals hatte sie ihm gedroht, daß sie ihn sofort verlassen werde, sollte er eine andere Frau jemals auch nur küssen. Die Vorstellung, er könne eine andere Frau küssen, war ihr unerträglich, ein Kuß vielleicht sogar nur als Ouvertüre – soweit mochte sie in Gedanken gar nicht gehen. Und nun war es ihr passiert. Ihre zerküßten Lippen brannten, sie mußte jetzt handeln, durfte nicht mit zweierlei Maß messen. Nicht Christian hatte fremdgeküßt und mußte deshalb verlassen werden, sondern sie hatte es getan und mußte verlassen. Ihrem Mann gegenüber begründete sie diesen Schritt beim nächsten Wiedersehen mit den seit Monaten andauernden Spannungen zwischen ihnen. Die bestanden tatsächlich, aber Maria schmückte aus, übertrieb, steigerte sich hinein, weinte, resignierte und glaubte schließlich selbst daran, daß es aussichtslos und die Ehe am Ende sei. Lang Angestautes, das geschwelt, aber noch nicht gebrannt hatte, verdichtete sich zu Unausweichlichem, Liebestötendem. Fasziniert hörte Maria sich argumentieren, schluchzen und entscheiden, gab ihrem Mann keine Chance, sagte alles, um zu beenden, aber nichts, um zu erhellen, ließ ihn verzweifelt und ratlos zurück. Es war ihr unmöglich, ihm den Kuß zu beichten, ein Kuß von dieser Dauer konnte nicht verziehen werden, sie selbst konnte ihn sich nicht verzeihen, mußte sich nun dafür bestrafen und gehen, das gutbürgerliche Nest verlassen und einem Mann, der vielleicht nicht der Richtige, bestimmt aber der Schönste gewesen war, einen Dolch ins Herz rammen, in ein Herz, das nur für sie geschlagen hatte.

Marias Verzicht auf Unterhalt beurteilten die einen als dumm, die anderen als anständig. Daß er nichts anderes war als juristisch erklärter Ausdruck eines Schuldgefühls, wußte niemand, auch nicht der kleine Venezolaner, den Maria nie wiedersah, obwohl er, wie sie später erfuhr, noch mehrmals nach ihr gefragt hatte.

Mit einem frühen Tod hatte Maria bereits gerechnet, als sie noch keine zwanzig Jahre alt gewesen war, und die Gedanken hatten sie veranlaßt, in diesem zarten Alter erstmals ein Testament zu verfassen, dem später noch andere folgen sollten. Ohne notariellen Stempel. Einfach so. Mit königsblauer Tinte geschrieben, begann es mit den Worten „Im Vollbesitz meiner geistigen Kräfte“ und endete damit, daß sie verbrannt werden wolle und ihre Urne auf dem Friedhof in G. beigesetzt werden solle.

Maria wähnte sich reich, schließlich hatte sie zur Kommunion von ihren Eltern ein Klavier geschenkt bekommen; auf ihrem Sparbuch hatten sich damals viertausend Mark angesammelt, sie besaß eine massive Goldkette, die ihr die Großmutter mütterlicherseits hinterlassen hatte. Ferner hatte ihr kinderloser Onkel, der zugleich ihr Patenonkel war, Maria zum bestandenen Abitur einen Kleinwagen geschenkt. Gebraucht zwar, aber immerhin, einem geschenkten Barsch schaut man bekanntlich nicht auf die Kiemen.

Gemäß ihrem letzten Willen sollte Marias Mutter ihr Klavier erben, ihr Vater tausend Mark zum Verjuxen bei seinem so sehr geliebten Hunderennen, der Junge, der sie kurz vor dem Abitur entjungfert und dabei sehr viel Einfühlungsvermögen an den Tag und in die Nacht gelegt hatte, sollte ihr Auto bekommen. Die Goldkette war für ihre beste Freundin bestimmt, die einzige, die sie jemals hatte und die nur drei Jahre nach der testamentarischen Erwähnung elend an Leukämie zugrunde ging. Es blieben noch dreitausend Mark für SOS-Kinderdörfer, Greenpeace und amnesty international.

Maria war zufrieden. Nun konnte kommen, was wollte, sie hatte ihre Angelegenheiten geregelt.

Was kam, war das Leben und nicht der Tod. Darauf fühlte Maria sich nur schlecht vorbereitet.

Eine erneute Heirat war ihr schon bald nach der Trennung von Christian völlig unrealistisch erschienen. Warum sollte sie sich nochmals an einen Mann binden und womöglich noch Kinder bekommen, wenn diese wahrscheinlich schon in jungen Jahren ihr weiteres Leben als Halbwaisen würden fristen müssen? Eine Familie zu gründen – dies war nicht ihr Weg.

Erstmals wurde ihr mit fünfzig Jahren bewußt, wie sehr sie mit ihrem Verhalten den Vater imitiert hatte, und wie sehr sie sich, genau wie er, mit diesem Verhalten vor ihrer Lebensverantwortung gedrückt hatte. Marias Leben hatte jahrelang nur darin bestanden, ihre zahlreichen körperlichen Beschwerden zu verwalten und für ihre Eltern da zu sein. Es war leicht, alle Verantwortung von sich zu schieben, wenn ohnehin ein baldiges Ableben bevorstand.

Seit Maria im vergangenen Jahr fünfzig Jahre alt geworden ist, hat sich eine Änderung in ihrem Inneren vollzogen. Früher hatte sie kaum eine Gelegenheit ungenutzt gelassen, darauf hinzuweisen, daß sie nicht alt werden würde. Ein früher Tod schien als tragische Schicksalsglocke über ihr zu schweben, wie dereinst über dem Leben ihres Vaters. Im Verlauf der Jahre aber war unmerklich etwas eingetreten, womit Maria nicht gerechnet hatte. Sie war älter geworden. Ungläubig und mit einer Mischung aus Erstaunen und Euphorie war sie am Morgen ihres fünfzigsten Geburtstages erwacht und hatte sich darauf besonnen, daß sie nach ihrer eigenen Prognose schon seit einigen Jahren unter der Erde weilen müßte. Nun mußte sie feststellen, daß auf ihre eigenen Prognosen kein Verlaß war. Was hatte das zur Folge? Was, wenn sie sich mit anderen Ansichten über ihr Leben ebenfalls geirrt hatte? Was, wenn nicht nur ein langes Leben vor ihr lag, sondern vielleicht auch noch eine Berufstätigkeit? Oder gar ein Lebenspartner?

Maria wagte diesen Gedanken kaum zu Ende zu denken. Die positive Entwicklung hatte nicht unmittelbar mit ihrem fünfzigsten Geburtstag eingesetzt. Nein, es war ein Wechselspiel. Der anfänglichen Euphorie folgte das Gefühl, betrogen worden zu sein. Nie hatte sie damit gerechnet, so alt zu werden. Auch all ihren Bekannten hatte sie immer etwas anderes erzählt. Hatte sie nun ihre Glaubwürdigkeit verloren? Würde es irgend jemandem unangenehm auffallen, daß sie immer noch unter ihnen weilte? Nur mittlerweile älter geworden?

Ihre Bekannten wissen nur wenig über Maria, die Eckdaten ihres Lebens, ja, daß sie geschieden und arbeitslos ist und gesundheitliche Probleme hat, ja. Aber sonst hält sie es mit Lehár, immer nur lächeln und immer vergnügt ... Selbst ihrer Mutter gegenüber spricht sie nur selten von den Dingen, die sie belasten und sie ängstigen. Das war früher ganz anders, aber mit zunehmendem Alter hat sich das Bedürfnis eingestellt, nicht mehr alles preiszugeben, mehr mit sich selbst auszumachen und auf die Frage nach dem eigenen Wohlbefinden mit „gut“ zu antworten. Marias Mutter wird schließlich nicht ewig leben, und deshalb ist es sinnvoll, sich rechtzeitig abzunabeln. Außerdem hat sie ja neben den Kirchen, in die sie immer wieder zu einem Gebet hineinschlüpft, ihren kleinen Altar zu Hause. Das mittelgroße Christusbild, das noch Christians Großmutter gehört hatte, durfte sie nach der Scheidung behalten. Auf dem kleinen Tisch darunter befinden sich Kerzen und Räucherstäbchen, eine Duftöllampe, getrocknete Blumen und ein Rosenkranz. In den Phasen von unendlicher Traurigkeit und Hoffnungslosigkeit sucht sie Zuflucht im Gebet und bittet inständig um Hilfe. Seit ihr klar geworden ist, daß Gott nicht daran denkt, sie in jungen Jahren zu sich zu rufen, versucht sie sich mit dem Leben zu arrangieren und ist immer häufiger bereit, zaghafte Zukunftspläne zu schmieden. Erstaunt registriert sie, daß die Vergangenheit nicht mehr die Hauptrolle in ihrem Leben spielt und ihre nach vorn gerichteten Gedanken zunehmend konkreter und realistischer werden. Auch mit ihren vielfältigen körperlichen Beschwerden geht sie allmählich anders um. Sie macht sich nicht mehr verrückt, wird gelassener. Woran das alles liegen mag? Vielleicht daran, daß sie jetzt in die Wechseljahre kommt. Wechseljahre. Ein schönes Wort. Jahre des Wechsels. Abwechslung? Ein merkwürdiges Wort, wenn man es nicht in einen Zusammenhang bettet. Wechseln, weckseln, wexeln.

Maria spürt tief drinnen zunehmend die Bereitschaft zum Wechsel, und ist gespannt, was mit ihr geschehen wird. Und ihr ist klar, daß sie selbst dafür etwas tun muß.

Beim Spazierengehen faßt Maria einen Entschluß. Etwas muß geschehen in ihrem Leben. So kann es nicht mehr weitergehen. Sie beschließt, innerhalb eines Jahres zu heiraten. Eine Arbeit würde es auch tun, aber dafür ist sie zu alt. „Geld oder Sex", schießt es ihr durch den Kopf und sie muß amüsiert auflachen, als sie sich an eine Episode erinnert, die sich ereignet hatte, als sie Anfang zwanzig gewesen war. Sie mußte etwas in der Stadt erledigen und stand vor der Wahl: Entweder ein Parkplatz ziemlich weit außerhalb und dann ungefähr eine Viertelstunde Fußweg oder ein Parkplatz gleich hinter dem Bahnhof, von der Innenstadt nur durch eine dunkle Unterführung getrennt. Als sie auf die Unterführung zuging, sah sie die vier zwielichtigen Gestalten, die es sich auf einer kleinen Mauer direkt vor den Treppen gemütlich gemacht hatten. Bierflaschen und lautes Grölen zeigten, daß ihre kleine Feier dort schon vor einiger Zeit begonnen hatte. Weit und breit kein Mensch. Maria schob trotzig das Kinn vor und näherte sich mit sicherem Schritt dem Eingang der Unterführung. Ein Mann löste sich aus der kleinen Gruppe und ging, seine Bierflasche schwenkend, Maria entgegen. „Geld oder Sex", bellte er sie an, während er mit der freien Hand an seinem Gürtel nestelte. Sofort hatte Maria eine Antwort parat: „So, wie du aussiehst, nehme ich lieber das Geld." Der Mann war zu verblüfft, um sofort zu reagieren, und als er den Sinn ihrer Worte begriff, war sie schon an ihm vorbei in die Unterführung gerannt. Ein kleiner Sprint, und sie war in Sicherheit. Seine wütenden Beschimpfungen und das Lachen seiner Saufkumpane verloren sich allmählich in dem langen Tunnel. Na, das war ja noch mal gutgegangen. Ihr Vater hatte seine helle Freude an ihrer Reaktion, und das, so fällt es Maria in der Erinnerung an diesen Zwischenfall bitter ein, war für sie schließlich immer das Wichtigste gewesen.

Es wird Zeit für die allmählich auch ersehnte Abwechslung. Es wird Zeit dafür, sich aus diesem eintönigen Alltag zu befreien und sich endlich etwas zu gönnen. Schöne Reisen zum Beispiel, ein großes Auto und vor allem ein anderes Zuhause. Größer, ruhiger gelegen, mit Balkon oder Garten und auch einer Badewanne. Es geht ihr auf die Nerven, nur duschen zu können. Hinzu kommt, daß ihre Vermieterin, eine alleinstehende pensionierte Lehrerin, zu geizig ist, ihr richtig heißes Wasser zu gönnen. Der Regler im Keller ist auf 38°C eingestellt, das muß reichen, alles andere ist zu teuer. Maria kennt sich aus mit Sparsamkeit, hat aber kein Verständnis für Geiz. Noch dazu, wenn der verstorbene Mann Verwaltungsdirektor gewesen war und Geld genug da ist.

Andere Möbel, eine neue Garderobe, etwas Luxus. Ein Mann muß her, der Maria all das bieten soll, ohne Ansprüche zu stellen, ein Versorger. Ihre Gegenleistung? Man wird sehen. Auf jeden Fall kein Sex. Die Lust ist ihr abhanden gekommen, sie ist müde, erschöpft und der Ansicht, in ihrem Leben genügend nackte Männer gesehen und gespürt zu haben. Natürlich gibt es Unterschiede, aber selten Überraschungen, und wenn, dann kaum positive. Mit einem Mann zu schlafen, findet sie nicht mehr besonders aufregend, es stört sie in ihrer Ruhe und kostet sie zuviel Kraft. Nur noch selten läßt sie sich mehr überreden als überzeugen, denn sie kann schlecht nein sagen, was sie mit ihrer Cousine Valerie gemeinsam hat, die vier Kinder ihr eigen nennt, die ihrerseits zwischen fünf und sechs Väter haben, nichts genaues weiß man nicht. Familienbande. Mehrere Stunden feilt Maria an einem Text, bevor sie mit dem Entwurf für eine Annonce zufrieden ist.

EHE OHNE SEX
Die erste Hälfte meines Lebens bestand überwiegend aus Sorgen, Streß und Unglück. Für die zweite Hälfte wünsche ich mir gute Gespräche, Kultur, Natur und Ruhe an der Seite eines intelligenten, liebevollen Gentleman, der einer erschöpften, kopflastigen Frau auf der Basis einer platonischen Beziehung Geborgenheit und Sicherheit schenkt. Es erwartet Sie eine sehr charmante warmherzige Künstlerin, klug, humorvoll, schlank und hübsch, die eine Ehe anstrebt, getragen von echter Freundschaft und gegenseitiger Fürsorge. Ihre Zuschrift mit Bild erreicht mich unter Chiffre …

Maria gefällt das Geschriebene. Es geht daraus hervor, daß sie nicht mehr die Jüngste ist, ohne daß sie ihr wahres Alter genannt hat. Außerdem mag sie den Ausdruck „Künstlerin“. Das ist sie schließlich auch, und zwar eine Überlebenskünstlerin.

Ein bißchen Zeit will sie sich noch lassen mit dem Annoncieren und sich vorher erst einmal kundig machen, wieviel ein Text dieser Länge in der Wochenendausgabe einer überregionalen Tageszeitung kostet.

Maria ist sparsam, und es fällt ihr nicht schwer, mit

dem wenigen Geld, das ihr das Arbeitsamt jeden Monat zur Verfügung stellt, auszukommen. Sie zahlt nur eine geringe Miete, den kleinen Fiat hat sie schon vor einigen Jahren abgeschafft, zu viele Reparaturen, zu hohe Kosten. Wenn sie etwas in der Innenstadt zu erledigen hat, fährt sie die vier Kilometer mit dem Fahrrad, ein großer Supermarkt ist ganz in ihrer Nähe, ein Discounter ebenfalls.

Vom Arbeitsamt hat sie einen Ausweis erhalten, der sie dazu berechtigt, kostenlos verschiedene kulturelle Veranstaltungen zu besuchen. Das ist von großer Wichtigkeit für sie, denn ein Leben ohne Oper und Theater kann sie sich nur schwer vorstellen. Im Winter in die Oper zu gehen, macht ihr mehr Spaß als im Sommer. Bei diesen Gelegenheiten liebt sie es, den schwarzen Breitschwanz ihrer Mutter auszuführen, schmal geschnitten, mit einem Stehkragen aus Nerz, dazu weiche Lederhandschuhe. Unter dem Hut, den sie tief ins Gesicht gezogen hat, quellen die dunklen Locken hervor, die vereinzelt schon von weißen Fäden durchzogen sind. Die zierlichen Füße stecken in hochhackigen Pumps. Alles ist schwarz, das einzige Helle sind ihr Gesicht und die gut geformten Waden. Große goldene Ohrringe, ein Erbstück ihrer Großmutter, runden das Bild vollendeter Eleganz ab. Wenn sie an der Kasse steht und in der Handtasche nach dem Ausweis fischt, der ihr freien Eintritt ermöglicht, spielt ein amüsiertes Lächeln um ihre kirschrot geschminkten Lippen. Sie genießt die Blicke der anderen Opernbesucher, abschätzend und neidisch die der Frauen, verstohlen und neugierig die der sie begleitenden Männer. Sie sieht mindestens zehn Jahre jünger aus und hat noch immer die gleiche Konfektionsgröße wie vor dreißig Jahren.

Nur einmal erlebt sie eine Situation, die ihr etwas peinlich ist. Der für sie zuständige Sachbearbeiter vom Arbeitsamt, ebenfalls ein Opernliebhaber, spricht sie im Foyer an, noch bevor sie den teuren Pelz in der Garderobe abgegeben hat und macht Komplimente über ihr Aussehen. Maria kann sich nicht recht daran freuen, aber von Arbeitslosenhilfe leben zu müssen, bedeutet schließlich nicht, in Sack und Asche herumzulaufen, zumal dann nicht, wenn man schon einmal bessere Zeiten erlebt hatte.

Abgesehen von den kulturellen Veranstaltungen, die Maria gern, aber immer allein besucht, lebt sie sehr zurückgezogen. Sie hat keine Freunde und nur einen kleinen Bekanntenkreis. Durch ihre stets fröhliche und aufgedrehte Art ist sie die geborene Alleinunterhalterin, ihr Witz und ihre Klugheit werden von den wenigen geschätzt, die sie in unregelmäßigen Abständen sehen. Bestimmt gibt es einige darunter, die Maria als ihre Freundin bezeichnen würden, aber andersherum ist das nicht der Fall. Zu einer Freundschaft gehört nach Marias Vorstellung, daß der andere einen wichtigen Platz im eigenen Leben innehat, daß man sich um sein Wohlergehen sorgt, mit ihm über alles reden kann und er ein Stück selbstgewählter Familie darstellt. Nichts davon trifft auf die Menschen zu, mit denen Maria hin und wieder verkehrt. Sie hat sie gern, aber wenn sie nicht mit ihnen zusammen ist, denkt sie nicht an sie. Innerlich ist sie frei, sie fühlt sich mit keinem Menschen wirklich verbunden, außer mit den beiden Frauen, von denen eine ihre Mutter ist. Wegen ihres Unterhaltungswertes wird sie manchmal zu Parties eingeladen, ab und zu ergibt sich ein gemeinsamer Kinobesuch, ein Spaziergang oder eine Einladung zum Essen. Mit einer Gegeneinladung rechnet niemand, jeder weiß, daß Maria kein Geld hat. Maria läßt sie in dem Glauben und weiß es besser. Sie hat es keinem erzählt, daß sie immer einige Klavierschüler hat, die sie jeweils zwei Jahre unterrichtet. Manche Familien sind traurig, wenn Maria ihnen sagt, daß der Unterricht bei ihr nun enden muß, aber sie hat ihre Prinzipien. Sie selbst hatte nur vier Jahre bei einer ziemlich schlechten Lehrerin und kann das hohe Niveau nur zwei Jahre halten. Natürlich gibt sie andere Gründe an. Das Geld, das sie für die Klavierstunden erhält, spart sie in einer großen Keksdose. Akkurat angeordnet und glatt gebügelt stapeln sich die Scheine in ihrer golden-metallisch glänzenden Behausung.

Sie sitzt gerade Erdnüsse kauend und rauchend unter dem schrägen Dach in ihrer Küche und lauscht aufmerksam einem Feature über die Rolle der Psychiatrie in Österreich in der ersten Hälfte des zwanzigsten Jahrhunderts, als das Telefon klingelt. Sie hört, wie im Nebenraum eine weibliche Stimme etwas auf den Anrufbeantworter spricht. Wenn der Beitrag zu Ende ist, wird sie hören, wer angerufen hat. Nur keine Eile. Maria legt keinen Wert darauf, jederzeit und für jeden erreichbar zu sein. Wozu? Schließlich steht sie nicht auf der Warteliste für eine Organtransplantation. Auch den Handywahn macht sie nicht mit. Schlimm genug, überall in der Öffentlichkeit dem ständigen Gedudel ausgesetzt zu sein. Ganz zu schweigen von den Strahlen.

Den Anrufbeantworter hat sie sich ihrer Mutter zuliebe angeschafft, gleich nach dem Tod des Vaters. Zunächst hat ihre Mutter häufig darauf gesprochen und oft weinend um Rückruf gebeten, heute kaum noch. Sie haben ihre festen Zeiten, dreimal wöchentlich und sind beruhigt zu wissen, daß es der jeweils anderen gut geht. Der Mutter weitaus besser als der Tochter. Ihre Mutter ist ihre Familie, Mitte siebzig, Vorsitzende im Kneipp-Verein der Stadt, liebt Reisen, Bridge-Abende und Sonja. Auf ihre alten Tage hat sie noch einmal die große Liebe gefunden. Sonja ist Ende sechzig, zu ihrem einzigen Kind hat sie kaum Kontakt, dafür wird sie aber regelmäßig von ihrem Enkelsohn Marko besucht, einem jungen Informatikstudenten, der seine Großmutter nach und nach in die Geheimnisse der Computerwelt einführt.

Einmal in sehr jungen Jahren hatte Sonja für kurze Zeit eine Affäre mit einem Mann. Aus dieser Verbindung stammt ihre Tochter. Ansonsten hat Sonja in den letzten beinahe fünfzig Jahren nur Frauen geliebt. Marias Mutter hat sie nach allen Regeln der Kunst verführt. Kennengelernt haben sie sich vor fast fünfzehn Jahren auf dem Friedhof, wo die Urnen von Marias Vater und Sonjas bei einem Autounfall verunglückter Lebensgefährtin nebeneinanderliegen. Die Trauernden trafen sich zu Beginn jeden Tag an den Gräbern, sprachen sich gegenseitig Trost zu und fühlten sich durch das Sauberhalten des jeweiligen Steins, das Entzünden ewigen Lichts und dem Arrangieren des wechselnden Blumenschmucks mit der Asche ihrer Lieben verbunden. Die Gespräche oberhalb der Erde dauerten immer länger, wurden zunehmend intensiver und intimer, und unmerklich wurde das Treffen auf dem Friedhof zum Ausgangspunkt für gemeinsame Spaziergänge und andere Unternehmungen. Sonja hatte sich schnell in die attraktive Elisabeth verliebt, hielt sich aber wohlweislich zurück. Diese verdrängte lange Zeit, in welchem

Verhältnis ihre neue Bekannte und die Verunglückte miteinander gestanden hatten. Sie mochte Sonja, aber Sexualität konnte sie sich in ihrem Alter nicht einmal mehr mit einem Mann vorstellen, geschweige denn mit einer Frau.

Als sie ein Jahr nach dem Tod ihres Mannes schließlich einwilligte, mit Sonja zwei Wochen Urlaub im Schwarzwald zu verbringen, dachte sie sich nichts dabei, daß Sonja ein Doppelzimmer für sie buchte. Das war schließlich praktisch, und so konnten beide Geld sparen.

Am Abend schlüpften sie unter ihre Bettdecken, löschten das Licht und unterhielten sich noch eine ganze Weile. Sonja hatte nach Elisabeths Hand getastet und sich gefreut, als sie ihr nicht entzogen wurde. Auch nachdem sie verstummt waren, hatten sie einander noch an den Händen gehalten. Nach einiger Zeit hatte Elisabeth die Hand langsam weggezogen, „Gute Nacht" gemurmelt und sich auf die Seite gelegt. Zwei Abende später ließ sie zu, daß Sonja ihr einen Gutenachtkuß auf den Mund gab, nach einer Woche schliefen sie Arm in Arm ein, und als sie nach zwei Wochen wieder nach Hause kamen, waren sie ein Liebespaar.

Elisabeth blühte auf, sprach immer weniger über Krankheiten und genoß ihr spätes Glück in vollen Zügen. Den beiden Frauen war es gelungen, in einem Mehrfamilienhaus zwei aneinandergrenzende Wohnungen zu finden, denn Elisabeth wollte nach dem Tod ihres Mannes allein leben, wenn auch nicht mehr in einer so großen Wohnung, wie sie sie mit ihrem Mann bewohnt hatte. Die Miete war überdies für eine Person zu hoch, und so bezog sie im zweiten Jahr ihres Witwenstandes ein Zweizimmer-Apartment mit Südwestbalkon unter dem Flachdach im sechsten Stock. Sonja zog ein halbes Jahr später in das Haus, als die Nachbarwohnung frei geworden war. Sie kochten zusammen, gingen nur noch hin und wieder zum Friedhof, lasen sich gegenseitig vor und waren voller Dankbarkeit dafür, einander gefunden zu haben. Wenn sie abends eng umschlungen in einer der beiden Wohnungen im Bett lagen, streichelten sie sich stundenlang und flüsterten sich Zärtlichkeiten zu. Sie sahen nicht die Falten und Runzeln, die bläulichen Venen, die sich dicht unter der an manchen Stellen schon pergamentartigen Haut schlängelten, die Altersflecken und die erschlaffte Haut. Und weil sie einander mit den Augen der Liebe betrachteten, waren sie schön, waren sie nicht alt, sondern lebenserfahren, nicht welk, sondern reif und glücklich, so glücklich …

Maria muß oft schmunzeln, wenn sie an ihre Mutter und Sonja denkt, ihre „Ersatzmutter". Sie erinnert sich, wie sie ihre Mutter in der fernen Stadt besuchte, das erste Mal in der neuen Wohnung, eine ganze Woche. Elisabeth hatte ihr oft von Sonja erzählt, ohne ihrer Tochter jedoch zu verraten, welcher Art ihre Beziehung war. Sonja war ihr also aus den Schilderungen ihrer Mutter bekannt, sie wußte von deren häufigen gemeinsamen Unternehmungen und den Urlauben. Mutters beste Freundin. Was sie noch nicht wußte, war ihr in wenigen Minuten klar, in denen sie die beiden Frauen zusammen erlebt hatte. Diese bemühten sich zwar um einen neutralen Umgang miteinander, aber ihre Blicke und kleinen Gesten verrieten sie. Maria sagte ihnen auf den Kopf zu, was sie dachte, und sie erstarrten. Als sie aber wahrnahmen, daß Maria lächelte und anscheinend nichts gegen diese Liebe einzuwenden hatte, fiel die Spannung von ihnen ab. Beim Kaffeetrinken saß Maria den beiden Frauen gegenüber, die ihre besten Jahre schon seit einiger Zeit hinter sich hatten. Sie tauschten so liebevolle innige Blicke aus, daß Maria nicht umhin konnte, sich spontan bei Sonja zu bedanken, daß sie ihrer Mutter nicht schon einige Jahrzehnte eher den Kopf verdreht hatte. Sie, Maria, würde wohl sonst kaum hier sitzen. Ein befreites Lachen war die Antwort, und die beiden Verliebten hatten nun keine Scheu mehr, auch in Marias Gegenwart einander die Hände zu streicheln. Es irritierte Maria ein wenig, daß sie sich nicht daran erinnern konnte, ihre Eltern je beim Austausch solcher Zärtlichkeiten gesehen zu haben. Auch der neue Ausdruck in den Augen ihrer Mutter überraschte sie. Die pure Seligkeit strahlte aus ihnen. Von diesem Moment an hatte Maria zwei Mütter, und nach einiger Zeit war ihr, als wäre es nie anders gewesen.

Die Ersatzmutter, Sonja, hat auf das Band gesprochen, wie Maria nach dem Ende des Features hören kann. Das ist aber ungewöhnlich. Hoffentlich ist Marias Mutter nichts geschehen. Aber nein, die Stimme klingt durchaus fröhlich, Maria möge doch bitte zurückrufen, sie, Sonja, habe eine große Bitte.

Maria wählt Sonjas Nummer, und am anderen Ende wird schon nach dem ersten Klingelton der Hörer abgehoben.

„Schubert, guten Abend."

„Hallo Sonja, Maria hier. Alles in Ordnung?"

„Aber ja, mein Kind."

Merkwürdig, von einer Frau, die nur siebzehn Jahre älter ist, „mein Kind" genannt zu werden, noch dazu in diesem Alter. Marias Mundwinkel wandern amüsiert nach oben.

„Sicher wunderst du dich, daß ich dich anrufe, aber Elisabeth meinte, ich soll dich ruhig fragen, ob das, was ich mir so gedacht habe, auch geht. Ja also, es ist folgendes ...“, beginnt Sonja umständlich. „Ich habe heute einen Anruf bekommen von meiner Cousine Hildegard, die lebt schon seit fast fünfzig Jahren in W.. Die hat einen Sohn, den Valentin. Bei euch ist doch in einer Woche die große Messe, und dieser Valentin hat die Hildegard gefragt, ob sie nicht jemanden kennt, der in K. wohnt. Er hat überhaupt keine Kontakte hierher. Und da hat sie sich erinnert, daß ich ihr mal erzählt habe, daß du ganz in der Nähe von K. lebst. Und jetzt läßt er anfragen, ob er für ein paar Tage bei dir wohnen kann. Er würde eigentlich nur eine Übernachtungsmöglichkeit brauchen, da er tagsüber ja sowieso auf der Messe ist, und wenn es dir keine Umstände macht ... Also, er hat weit und breit kein Hotelzimmer mehr bekommen, hat sich wohl auch zu spät drum gekümmert. Na ja, und da dachte ich, fragen kostet ja nichts. Apropos kosten, natürlich will er dir auch was für die Unterkunft bezahlen.“

„Ich weiß noch nicht, Sonja“, erwidert Maria vorsichtig. Sie ist nicht daran gewöhnt, Besuch zu bekommen, schon gar nicht über Nacht. „Muß ich dir jetzt sofort Bescheid geben, oder kann ich mal eine Nacht drüber schlafen?“

„Natürlich kannst du das, mein Schatz.“

Maria muß wieder grinsen. Sonja war ja noch schlimmer als ihre Mutter.

„Weißt du, ich bekomme so selten Besuch“, sie könnte auch sagen „nie“, aber das tut sie nicht. „Platz genug wäre ja da ...“, sie zögert einen Moment und stößt dann hervor „Ach was, ja, er soll ruhig kommen.“

Erstaunt über ihre eigene Spontaneität sagt Maria gar nichts mehr und umklammert den Hörer.

„Ach, das ist aber schön, Liebes. Da wird sich Valentin sehr freuen. Ich werde Hildegard gleich morgen anrufen und ihr bei dieser Gelegenheit deine Adresse mitteilen."

„Kennst du ihn eigentlich, diesen Valentin?"

„Kennen wäre zu viel gesagt. Ich habe ihn zweimal in W. gesehen, als ich meine Cousine besucht habe, das letzte Mal ist aber schon fast zwanzig Jahre her. Nicht, daß ich Hildegard besucht habe, aber daß Valentin dann auch zugegen war", erklärt Sonja. „Viel sagen kann ich dir nicht über ihn. Er war mir sympathisch und hatte ausgesprochen gute Manieren, daran kann ich mich noch erinnern. Er ist seit ein paar Jahren Witwer und hat einen Sohn, der in F. studiert. Ich glaube, er hat irgend etwas mit Kunst zu tun, aber ich kann mich nicht genau erinnern. Hildegard schwärmt immer in den höchsten Tönen von ihm."

„Also gut, soll er kommen, dieser Valentin", bestätigt Maria noch einmal, läßt ihre Mutter grüßen und legt auf.

Valentin – ein schöner Name, denkt Maria und zündet sich lächelnd eine ihrer geliebten Menthol-Zigaretten an. Noch lange sitzt sie bei Kerzenschein in ihrer Küche und genießt die Stille.

Nachdem Maria vor dem Hausaltar ihr Abendgebet gesprochen hat, geht sie ins Bett. Allerdings hat sie nicht die Absicht, zu schlafen. Sie stopft sich mehrere Kissen in den Rücken, setzt ihre Lesebrille auf und greift nach dem dicken Roman, der auf dem Nachttisch liegt. Neben der Lampe stehen ein Glas Rotwein und ein Aschenbecher. Maria zündet sich

abermals eine Zigarette an und schlägt das Buch auf. Für einen Moment denkt sie an ihre Mutter, die entsetzt wäre zu sehen, daß ihre Tochter im Bett raucht. Maria kichert und genießt den Reiz des Verbotenen, auch wenn dieses Verbot nie ausgesprochen wurde. Heute will sich keine rechte Konzentration einstellen, immer wieder schweifen ihre Gedanken ab und zum noch unbekannten Valentin hin. Was mag er für ein Mann sein? Wie er wohl aussieht? Vielleicht kann man sich mit ihm gut unterhalten. Vielleicht …

Maria bemerkt nicht, wie die rechte Hand mit dem Buch langsam von den aufgestellten Oberschenkeln gleitet. Ebensowenig nimmt sie wahr, wie die vierte Zigarette, die sie im Bett raucht, allmählich herunterbrennt. Der Schlaf hat sie übermannt, Maria spürt ihn kommen und dieses Mal kämpft sie nicht gegen ihn an. Sie gleitet hinab in Morpheus Arme, voller Hingabe, Vertrauen und Hoffnung.

Das böse Kind

Sandra konnte ihrer Mutter keine Erklärung geben für das, was sie getan hatte. Selbst nachdem Lena sie geschüttelt und ihr eine Ohrfeige verpaßt hatte, schwieg Sandra. Die blonden Locken fielen ihr ungebändigt ins Gesicht, die grauen Augen mit den langen dunklen Wimpern starrten auf einen Punkt in weiter Ferne. Ihr kleiner Mund zuckte, aber sie preßte angestrengt die Lippen zusammen. Die mageren Arme hatte sie fest um sich geschlungen, als könne sie sich so vor allem schützen.

Lena hörte auf zu schreien und Sandra zu schütteln. Sie schluchzte nur noch leise. Langsam sank sie vor ihrer Tochter auf die Knie und löste ihre Hände von den schmalen Schultern. Mit einer fahrigen Geste strich sie sich das Haar aus dem Gesicht. Zitternd wischte sie mit dem Taschentuch über ihre Augen.

„Das darf doch alles nicht wahr sein." Leise und mit heiserer Stimme formte sie die Worte. „Ich … ich …", sie stockte, fuhr erneut mit dem Tuch über die geröteten Augen. Lena suchte Sandras Blick, doch das Kind starrte weiterhin ins Leere.

Die Mutter kroch auf allen vieren durchs Kinderzimmer und setzte sich schließlich, mit dem Rücken an die Wand gelehnt, auf den flauschigen Teppichboden. Mit müden Augen blickte sie auf das Kind, das ihr plötzlich so fremd geworden war, daß sie es kaum glauben konnte.

„Sandra! Sandra! Warum hast du das getan?" Lenas Stimme war kaum mehr als ein Flüstern. Das Taschentuch hielt sie schwer atmend gegen die Brust gedrückt.

Sandra stand noch immer unbeweglich in der gleichen Stellung. Plötzlich löste sich ihre Anspannung. Sie trat einen Schritt zurück Richtung Bett und setzte sich auf den Bettrand. Langsam griff sie nach dem altersschwachen Stoffhasen am Kopfende ihres Bettes, drückte ihn an die Brust und vergrub ihr Gesicht in dem abgewetzten Fell. Noch immer hatte sie keine Antwort für ihre Mutter.

„Mein Gott. Wie kannst du nur …“ Lena suchte nach den richtigen Worten. „Wie kannst du nur in so einer Situation nach einem Kuscheltier greifen! Verstehst du überhaupt, was du getan hast?“ Lenas Stimme schwoll an. „Ich kann es einfach nicht fassen. Wie konntest du nur so etwas tun? Verdammt, gib mir endlich eine Antwort!“ Sandras Schweigen war erdrückend.

Schwerfällig kam Lena wieder auf die Beine und warf einen Blick auf ihre Armbanduhr. „Ich gehe jetzt runter zu Oma. Du ziehst dich aus und gehst ins Bett. Morgen werden wir Daisy im Garten beerdigen. Und dann verlange ich eine Erklärung. Ist das klar?“ Sie wartete die Antwort nicht mehr ab. Mit langsamen Schritten ging sie zur Tür. Ihr Kopf dröhnte, sie fühlte sich um Jahre gealtert. Beim Hinausgehen drehte sie sich noch einmal um, aber Sandra saß unverändert auf der Bettkante.

„Hat sie was gesagt?“ Luise schaute mit ernstem Gesicht auf, als ihre Tochter das Wohnzimmer betrat.

„Nein, Mama. Es ist einfach nichts aus ihr herauszubringen.“ Lena griff nach einigen Salzstangen und setzte sich ihrer Mutter gegenüber. „Ich habe alles versucht, mit Schimpfen, Schlägen und guten Worten, aber Sandra sagt einfach kein Wort.“ Sie kaute bedächtig und starrte dabei nachdenklich auf die

Photographie von Sandra, die über der Wohnzimmercouch hing.

„Für mich ist es absolut rätselhaft. Sandra ist sonst so ein liebes Mädchen. Wie kann sie zu so etwas überhaupt fähig sein? Weißt du noch, wie wir ihr Daisy vor drei Jahren zu Weihnachten geschenkt haben? Ein Meerschweinchen für ein kleines trauriges Mädchen. Es war das Beste, was wir tun konnten. Ich glaube, das war das erste Mal seit Erwins Tod, daß sie wieder glücklich war. Ach Mutter ..." Lena stöhnte. „Es ist alles meine Schuld. Wenn ich mehr Zeit für Sandra und Daniel hätte, wäre es nie zu so etwas gekommen. Dieser Job kostet meine ganze Kraft und Zeit. Dann die ständige Wechselschicht. Daran werde ich mich nie gewöhnen. Klar, daß mir dann die Nerven und die Geduld für die Kinder fehlen. Wenn ich dich nicht hätte, Mutter, dann wüßte ich gar nicht mehr weiter."

Lena winkelte ihre Beine an, umschlang sie und stützte ihr Kinn auf einem Knie ab. Hilflos schaute sie zu ihrer Mutter. Luise saß sehr aufrecht auf der Couch und drehte an einer Locke ihres einstmals blonden Haares. Sie musterte ihre Tochter mitfühlend und seufzte tief.

„Na, na, jetzt mach mal halblang." Sie bemühte sich, ihre Stimme fest und ein bißchen barsch klingen zu lassen, aber das gelang ihr nicht. „Es hilft niemandem, wenn du dich selbst anklagst. Du machst deine Sache schon gut, und daß ich ab und zu für die Kinder koche und mich um sie kümmere, ist doch selbstverständlich. Erstens bin ich ihre Oma und zweitens wohnen wir alle zusammen. Außerdem tut es mir auch gut, und ich habe eine Aufgabe." Sie zögerte. „Ich ... habe auch keine Erklärung für das, was Sandra getan hat. Es ist grauenhaft und absolut unverständlich. Um ehrlich zu sein, so etwas hätte ich eher Daniel zugetraut. Er ist in einem schwierigen Alter. Ich kriege ihn sowieso kaum noch zu Gesicht. Er kommt ja praktisch nur noch zum Mittagessen und zum Schlafen nach Hause."

„Du hast recht. Aber so blöd es klingt, ich kann mich nicht um alles kümmern. Er hat halbwegs vernünftige Noten in der Schule, er raucht nicht, und die paar Freunde, die ich mal zu Gesicht bekommen habe, hätten schlimmer sein können. Eigentlich weiß ich nicht besonders viel über ihn. Er kommt ja auch nie mit irgendwas zu mir, außer er will Geld haben." Lena griff erneut nach einigen Salzstangen. „Erwin fehlt eben überall. Es ist nicht gut, wenn Kinder ohne Vater aufwachsen. Und für mich ..." Sie führte den Satz nicht zu Ende und wischte sich verstohlen eine Träne aus dem Augenwinkel.

Luise tastete mit den Füßen nach ihren Pantoffeln, stand langsam auf und zupfte an ihrem Rock. Auf dem Weg zur Tür legte sie Lena für einen Moment ihre Hand die Schulter. „Morgen ist auch noch ein Tag. Ein Sonntag noch dazu. Vielleicht kriegen wir morgen etwas aus Sandra heraus. Ich gehe jetzt ins Bett. Gute Nacht, mein Kind."

„Gute Nacht, Mutter. Ich koche mir noch einen Kaffee, und dann muß ich los in die Klinik. Wenn Daniel nach Hause kommt ... Ach was, er erfährt es früh genug. Weißt du übrigens, wo er steckt?"

„Nein, aber wo wird ein 16jähriger am Samstag abend schon stecken?! Gute Nacht, beziehungsweise eine Nacht mit wenig Betrieb wünsch ich dir."

„Danke Mutter. Schlaf gut."

Unendlich langsam und vorsichtig wurde die Klinke runter gedrückt. Sandra wagte kaum, zu atmen. Ihre

Hände krallten sich in die Bettdecke, daß die Knöchel weiß hervortraten. Hart und dröhnend schlug ihr Herz im Brustkorb. Der Mond schien hell durch die dünnen Baumwollvorhänge und tauchte das Zimmer in ein silbriges kaltes Licht. Sandra konnte die Umrisse ihres Bruders erkennen. Wie ein Schatten glitt Daniel ins Zimmer. Er zog den Korbsessel bis auf einen Meter ans Bett heran, ehe er sich setzte.

„Na, Schwesterchen, hast du mich schon vermißt?“ Sein Tonfall war nervös und spöttisch gleichzeitig, die Stimme nur ein Flüstern.

Sandra konnte seine Umrisse in dem hellen Mondlicht genau sehen. Es war alles wie so oft in den letzten Monaten. Daniel nestelte an seinem Reißverschluß herum.

„Also heute hab ich wieder was erlebt, das ist nicht zu fassen. Ich hab dir doch mal erzählt von Frau Leonhardt. Unsere neue Referendarin. Ein wirklich geiles Luder. Die trägt immer total kurze Miniröcke und ganz eng anliegende Blusen mit tiefem Ausschnitt. Mensch, irgendwann fallen der noch mal die Titten raus. Weißt du, ihre Titten sind eigentlich nicht besonders groß, aber dafür ganz schön griffig ...“ Daniel lachte meckernd und fuhr sich mit der rechten Hand in die Hose. „Mit großen harten Nippeln. Und dann ihre Haare. Sie hat lange schwarze Locken, sieht aus wie 'ne Zigeunerin. Na ja, auf jeden Fall hab ich heute drei mal 'ne falsche Antwort gegeben, und da hat sie gesagt, nach dem Unterricht soll ich noch dableiben, sie will mit mir sprechen. Nach der Stunde hat sie ihren Kram sortiert, und nach und nach sind alle rausgegangen. Und weißt du, was dann passiert ist? Du wirst es nicht glauben. Sie ist zur Tür, hat abgeschlossen, und dann ist sie ohne Vorwarnung auf mich los. Hat sich an mich gekrallt und mir ihre Zunge rein geschoben. Gleichzeitig hat sie mir an die Eier gepackt."

Sandra hörte wieder das Geräusch, das sie so haßte und das ihr Angst machte. Ein schabendes, leicht schmatzendes Geräusch. Die dazugehörige schnelle Bewegung und das lauter werdende Stöhnen von Daniel ließen ihr den Atem stocken. Immer wieder preßte sie die Augen zusammen und die Finger in die Ohren, aber ihre kindliche Hoffnung, daß alles nur ein böser Traum sein möge, erfüllte sich nie. Sie war allein mit ihrem Grauen. Sie mußte durchhalten. Dieses eine Mal noch.

„Na, hat's dir gefallen, Schwesterchen? Nicht mehr lange, und du wirst auch so geile Sachen erleben wie ich …"

Daniel zog ein Taschentuch aus seiner Jeans und wischte sich mit einer routinierten Geste den Bauch ab.

„Vielleicht hast du ja dann auch Lust, mir mal was zu erzählen." Wieder das leise, meckernde Lachen.

„Du bist so gemein. Ich hab dir nichts getan. Morgen werde ich es Mama sagen …" Sandras Stimme bebte vor Angst, Scham und Empörung. „Du wirst schon sehen, was dann passiert."

„So, so, du willst es Mama sagen." Seine Stimme nahm einen drohenden Ton an. „Das wirst du niemals tun. Wir beide wissen, daß du nie irgend jemandem davon erzählen wirst, nicht wahr? Du kannst es nicht erzählen. Wenn du es tust, weißt du, was dann passiert? Wenn du auch nur ein Wort sagst, dann werde ich dein beschissenes kleines Meerschweinchen kaltmachen. Ich hab es dir schon oft genug gesagt. Du hängst doch so an dem kleinen Scheißer. Ich warne dich. Ein Wort, und deine Daisy ist tot."

Auf dieses Stichwort hatte Sandra gewartet. Daniel wußte also noch nichts. Sie zitterte vor Aufregung, als sie ihm endlich die erlösenden Worte entgegenschleudern konnte. Bis zum Schluß hatte sie sich diesen Moment aufgehoben. Ihre Stimme überschlug sich fast, als sie Daniel mit den Tatsachen konfrontierte.

„Heute abend warst du zum letzten Mal hier. Du kannst mir nicht mehr drohen. Und du kannst Daisy nichts mehr tun ..." Sie schluckte und sagte tonlos: „Daisy ist tot."

Einen Augenblick lang herrschte Stille im Zimmer. Sandra hielt die Luft an, dann sah sie, wie Daniel aufsprang. „Was heißt das, Daisy ist tot?" hörte sie ihn zischen. „Willst du mir etwa weismachen, den kleinen Scheißer gibt es nicht mehr?" Ungläubigkeit und Bestürzung schwangen in seinen Worten.

„Genau. Ich hab's getan. Jetzt wirst du nie wieder kommen und diese schrecklichen Sachen machen."

„Was heißt das, ich hab's getan?"

„Heute nachmittag hab ich's getan. Im Garten. Ich hab mit Daisy gespielt und dann ..." Bis jetzt hatte sie soviel Fassung gezeigt, selbst ihrer Mutter und Großmutter nichts erzählt, aber nun kroch eine Kälte in ihr hoch und ließ den mageren Körper zittern. Sandras Zähne schlugen aufeinander, aber sie zwang sich zu der letzten Erklärung. „Ich hab ihr mit dem Spaten auf den Kopf gehauen. So fest ich konnte. Ein paar Mal." Dann kam der Satz, der für Sandra am wichtigsten war, und sie spürte, wie die Kälte und das Zittern nachließen. Sehr langsam und überdeutlich, mit einem Beiklang von Triumph, formulierte sie die Worte.

„Ich hab es getan. Jetzt kannst du es nicht mehr tun. Du kannst mir keine Angst mehr einjagen. Und deswegen kann ich es auch Mama sagen, wenn du noch mal zu mir kommst."

Daniel hatte sich in der letzten Minute nicht gerührt. Noch immer konnte Sandra die nahen Umrisse ausmachen. Sie hörte seinen Atem – unregelmäßig, erregt, wütend. Nach einer endlosen Minute schien er sich zum Gehen zu wenden.

Sandra wußte, daß es nun vorbei war. Sie hatte gewonnen. Er würde nie mehr nachts in ihr Zimmer kommen. Das Opfer war grausam gewesen, aber es hatte sich gelohnt.

Bevor Daniel die Tür erreichte, drehte er sich noch einmal um.

„Ich komme bald wieder, mein Schätzchen", flüsterte er ihr zu. „Und du wirst Mama gar nichts erzählen. Denn weißt du, was passiert, wenn du es doch tust?" Meckerndes Lachen wehte zu Sandras Bett herüber.

„Wenn du es doch tust", wiederholte er, „dann … dann hast du die längste Zeit eine Oma gehabt. Du hängst doch so an der alten Schachtel, nicht wahr? Also merk es dir: Ein Wort zu Mama, und ich bring die Oma um. Mal sehen, vielleicht stoß ich sie die Treppe runter. Aber du kannst Gift drauf nehmen, daß ich es tun werde, wenn du nicht die Klappe hältst. Und jetzt schlaf gut, Schwesterherz, und träum' was Süßes."

Ein leises Lachen, und Daniel glitt aus ihrem Zimmer wie ein Schatten.

Unter der Erde, aus dem Sinn

Dirk ist ein Spezialist für Herzen. Nein, nein, nicht für gebrochene Herzen oder so, sondern ein richtiger Spezialist für kranke Herzen. Er hat eine eigene Praxis. Draußen hängt ein Schild aus Messing, auf dem steht: Dr. med. Dirk Vogelgesang, Kardiologie, Gefäßerkrankungen, Sprechstunde nach Vereinbarung. Dirk ist ein netter Kerl und außerdem ein guter Freund von mir. Wie fast alle Männer, mit denen ich mal was hatte. Wenn ich ihn ab und zu in seiner Praxis besuche, nimmt er sich immer ein paar Minuten Zeit für mich. Da kann das Wartezimmer noch so voll sein, das ist ihm dann egal.

Wir quatschen ein bißchen, manchmal knutschen wir auch, und ab und zu mache ich den Oberkörper frei, und er tut so, als würde er mich mit dem Stethoskop abhören, während er in Wirklichkeit meine Brüste streichelt. Innerlich könnte ich mich immer totlachen, wenn ich sehe, wie blaß die Bettina wird, wenn ich zur Tür hereinspaziere. Bettina ist eines der Mädchen, die für Dirk arbeiten. Total verknallt in ihren Chef, aber das nützt ihr herzlich wenig. Ich weiß, daß Dirk ab und zu mit ihr ins Bett geht. Bedeuten tut sie ihm nix. Dirk liebt nur seine Mutter. Deswegen hab ich ihn auch damals verlassen. Er lebt auch noch bei seiner Mutter in seinem Elternhaus. Ein Mann von einundvierzig Jahren. Das muß man sich mal vorstellen. Ich hab die Mutter übrigens damals ein paar Mal gesehen. Sie hat gegen mich gehetzt, was das Zeug hielt. Röcke zu kurz, Fingernägel zu lang, Stimme zu tief für eine Frau, und was weiß ich, was sie nicht noch alles an mir auszusetzen hatte. Dirk hat es mir immer brühwarm erzählt, und dann haben wir gelacht. Er verdient jede Menge Geld, hat sich und seiner Mutter eine Rolex gekauft, fährt einen Ferrari, hat ein schickes Segelboot und ein luxuriöses Penthouse in München. Da verbringt er oft seine Wochenenden. Manchmal nimmt er mich mit.

Dirk protzt ganz schön rum mit seiner Kohle. Trotzdem ist er ein netter Kerl, und wir haben uns gern, schon aus Gewohnheit. Warum ich so viel über Dirk erzähle? Also, er ist ziemlich wichtig für mich. Von ihm krieg ich nämlich die Namen und Adressen.

Einmal war einer dabei, der hat genauso ausgesehen wie der dritte Pflegevater, den ich hatte. Ich hab mich ganz schön erschreckt, als ich ihn zum ersten Mal gesehen habe, denn an Onkel Rudolf hatte ich keine guten Erinnerungen. Der hat mich oft so verprügelt, daß ich gar nicht wußte, wie ich anschließend sitzen sollte. Jeden Abend mußte ich für ihn Bier holen gehen an dem kleinen Kiosk um die Ecke. Bier und Zigaretten. Reval ohne Filter. Davon hat der ungefähr drei Packungen am Tag geraucht, und die ganze Bude hat immer furchtbar gestunken.

Ich bin dann meistens früh ins Bett gegangen, denn wenn Onkel Rudolf einige Flaschen intus hatte, wurde er ziemlich unberechenbar, und dann war es gut, wenn man ihm nicht mehr in die Quere kam. Auch wenn ich mir die Ohren zugehalten habe, konnte ich oft hören, wie er und Tante Ruth sich angebrüllt haben. An manchen Tagen hatte sie ein blaues Auge, da hab ich mich insgeheim gefreut, weil sie mich nämlich auch ganz schön oft verdroschen hat. Zum Glück wurde es Tante Ruth dann irgendwann zu viel mit mir, und ich durfte wieder zurück ins Heim.

Also, mit den Namen und Adressen, die ich von Dirk bekomme, ist das so eine Sache. Natürlich darf nie jemand erfahren, daß er sie mir gibt, sonst könnte er wahrscheinlich gleich seine Praxis zumachen und Taxi fahren.

Am Anfang war das gar nicht so richtig ernst gemeint. Wir waren an einem Wochenende in München, haben im Englischen Garten gefaulenzt und Backgammon gespielt. Da hat er mir erzählt, daß vor kurzem ein Patient von ihm gestorben ist, der hat schon drei Herzinfarkte gehabt. Auf seiner Hochzeitsreise hat´s ihn erwischt. In einem Hotel auf den Bahamas. Seine Frau war fast dreißig Jahre jünger als er und plötzlich, über Nacht, eine reiche Witwe. Der Typ hat Dirk noch ein paar Monate vorher erzählt, daß er eine ganz tolle Frau gefunden hat und sich durch sie total jung fühlt. Dirk sagte mir noch, daß er ihn gewarnt hat, wegen dem Herzen und so. Er würde ihm ja sein Glück gönnen, aber er soll vorsichtig sein und nicht übertreiben. Na ja, hat alles nichts genutzt. Wenigstens hat der Typ einen schönen Tod gehabt. Er ist nämlich gewissermaßen auf seiner jungen Frau zusammengesackt. Für die Frau war das natürlich nicht so toll, aber ich glaube, wenn man plötzlich so viel Geld hat, dann kommt man bestimmt schneller drüber weg. Dirk wußte das alles deswegen, weil er regelmäßig die Todesanzeigen liest. Da war plötzlich der Name von seinem Patienten drin, und da hat er die Witwe angerufen und das alles erfahren.

Erst mußte ich total lachen, als ich das gehört hab,

aber dann, später, hab ich immer wieder drüber nachdenken müssen. Ist doch eigentlich eine tolle Art, an Geld zu kommen.

Na ja, was soll ich sagen … Jetzt bin ich vierunddreißig und seit einem Jahr zum dritten Mal Witwe. Ich hab zwei Häuser, ein Einfamilienhaus, in dem ich wohne und ein Mehrfamilienhaus, außerdem eine kleine Finca in Spanien, einen tollen BMW und krieg 'ne dicke Pension nach meinem letzten Mann. Der war Medizinaldirektor. Dann kommen noch die Mieteinnahmen dazu, also ich kann mich wirklich nicht beklagen.

Dirk ist total süß; der verlangt überhaupt keine Gegenleistung. Ich glaub, der freut sich einfach, wenn er weiß, daß es mir gutgeht. Vielleicht ist auch ein bißchen schlechtes Gewissen dabei, weil er sich nie und nimmer von Mamas Rockzipfel lösen wird, und er weiß, daß mir das damals ganz schön zu schaffen gemacht hat. Ich hab ihm schon mal gesagt, daß ich auf ihn warte, bis seine Mutter tot ist, aber da ist er ganz blaß geworden und fing an zu zittern. War ja nur´n Scherz, hab ich ihn beruhigt, und wollen wir mal hoffen, daß deine Mama mindestens hundert Jahre alt wird, o.k.?

Dirk ist wirklich ein ganz wichtiger Mensch für mich; jetzt nicht wegen der Adressen, sondern auch so. Der versteht mich einfach. Ich hab ihm damals erzählt, wie meine Kindheit und Jugend so abgelaufen ist. Wer auch immer mich auf die Welt gebracht hat, wollte mich nicht haben. Wenigstens wurde ich nicht einfach in der Pampa ausgesetzt, sondern vor einer Kirche. In Zeitungen war ich eingewickelt und lag in einem Pappkarton. Zum Glück war es Sommer. Im Krankenhaus haben sie mir den Namen Katharina gegeben. Eigentlich ganz schön. Ich war ewig krank als Kind, hatte große Probleme mit der Haut und mit den Bronchien. Ständig hab ich mich gekratzt und mich halbtot gehustet. Wahrscheinlich nicht sehr attraktiv für Adoptiveltern. Und die Pflegeeltern, bei denen ich war … da sag ich am besten gar nichts drüber, nur so viel, daß das alles nichts war, und daß es mir im Heim noch am besten ging.

Als ich das dem Dirk damals erzählt hab, fing der doch tatsächlich an zu heulen. Das fand ich irgendwie süß. Der ist immer so besorgt um mich.

Nach der Schule hab ich eine Lehre angefangen als Rechtsanwalts- und Notargehilfin, aber ich hab sie nicht durchgezogen. Dann hab ich mir in den Kopf gesetzt, ich müßte unbedingt eine Bäcker- und Konditorlehre machen, frisches Brot backen und leckere Torten verzieren und so. Ich hab immer wahnsinnig gerne was Süßes gegessen. Ich glaub, das kommt daher, daß mir die Süße in meinem Leben gefehlt hat. Mit meiner Figur hatte ich trotzdem nie Probleme. Wenn ich mal wieder so richtig maßlos Süßes gefuttert hatte, hab ich mir anschließend einfach einen Finger in den Hals gesteckt. Ich bin ganz stolz drauf, daß ich das heute kaum noch mache. Nur noch ganz selten. Oft muß ich auch einfach so kotzen, ohne Grund, und irgendwie ist mir immer ganz leicht übel. Ich war deswegen schon beim Arzt, und der meinte, es wäre alles seelisch bedingt. Ist ja Blödsinn. Ich hab doch ein tolles Leben. Zu dem Arzt bin ich dann nicht mehr hingegangen.

Na ja, die Lehre hab ich auf jeden Fall auch abgebrochen. Dieses frühe Aufstehen war nichts für mich, und für meine Bronchien war es besser wegen dem Mehlstaub und so. Bis zu meiner ersten Hochzeit hab ich dann von Sozialhilfe gelebt.

Irgendwie weiß ich nicht so richtig, was ich will im Leben. Oft lieg ich auf meinem Bett mit meinem Teddybär im Arm und mal mir so aus, wie meine Eltern wohl gewesen sind. Dann stell ich mir vor, daß sie beide wunderschön waren. Meine Mutter hatte lange blonde Haare und grüne Augen und sah aus wie ein Filmstar, vielleicht wie Brigitte Bardot, und mein Vater war groß und schlank, mit dunklen Haaren, breiten Schultern und ganz tollen Manieren. Das mit den Augen meine ich deshalb, weil ich selbst ganz hellgrüne Augen habe, groß bin ich auch – also irgendwo her muß ich das ja haben. Mir haben schon viele Männer gesagt, daß sie mich für total gutaussehend halten, ja sogar für schön, und ich muß sagen, wenn ich in den Spiegel schaue, bin ich auch ganz zufrieden. Na ja, meine Brüste könnten etwas kleiner sein, und meine Oberschenkel gefallen mir nicht besonders, aber eigentlich kann ich mich nicht beklagen.

Mit meinen Eltern, das ist schlimm für mich, immer noch. Früher hab ich gedacht, es wird besser, wenn ich älter werde, aber da hab ich mich ganz schön getäuscht. Ich kann nicht damit aufhören, mir immer wieder Geschichten auszudenken, wo ich herkomme. Dabei weiß ich, daß mir das alles auch nicht weiterhilft, ich meine, ich hab halt nur meine Phantasie. Es wird nie jemand bei mir anklopfen und sagen, schön, daß ich dich endlich gefunden habe, deine Eltern sind die soundso, und die suchen dich schon die ganzen Jahre, weil sie dich nämlich immer furchtbar vermißt haben. So was gibt es nur im Märchen.

Ich finde, es ist unheimlich wichtig zu wissen, wo man herkommt, ich meine, wo die eigenen Wurzeln sind. Es ist immer noch besser, irgendeine Familie zu haben als gar keine. Und noch eine Sache ist wichtig: Wenn ich schon nicht weiß, woher ich komme, sollte ich wenigstens wissen, wohin ich gehe. Ab und zu weiß ich genau, wohin ich gehe, und ab und zu weiß ich auch genau, was ich will. Aber meistens eben nicht. Da lebe ich so in den Tag hinein und warte darauf, daß irgendwas Spannendes passiert. Meistens passiert aber gar nichts.

Oft bummel ich durch die Stadt und kauf mir neue Klamotten und Schuhe; also, ich steh total auf ausgefallene Schuhe. Ich kauf auch immer wieder Geschenke für meine Freunde und freu mich dann, wenn die sich freuen. Ab und zu lad ich sie alle zu mir ein und laß ein tolles Essen kommen. Das gefällt denen, und sie fühlen sich wohl. Wenn dann alle weg sind und ich aufräume, kommt mir manchmal der Gedanke, daß es doch nett wäre, wenn sie mich auch mal einladen würden, aber na ja, die meisten haben eben kein Geld oder zu wenig Platz oder so. Wenn mich einer anpumpt, kann ich schlecht 'nein' sagen. Meine Leute sind alle die von früher, zwei sogar noch aus der Zeit im Heim. Zu den Verwandten und Freunden von meinen toten Männern will ich keinen Kontakt haben. Unter der Erde, aus dem Sinn, sag ich immer. Obwohl, das klingt schlimmer, als ich es meine. Meine drei Männer waren gar nicht so übel, besonders der letzte, ich glaub, den hab ich wirklich geliebt. Natürlich hatte ich von viel mehr Männern die Daten.

Mit einigen hab ich mich getroffen. Jeden hätte ich aber auch nicht genommen, nur weil er Kohle hatte; der mußte mir schon sympathisch sein. Vor allem mußte ich mir vorstellen können, mit ihm auch ins Bett zu gehen. Also, ich hätte das nicht mit einem gekonnt, der mir vielleicht unangenehm gewesen wäre. Das Alter war natürlich ein Problem, waren alles alte herzkranke Kerle, die nicht mehr arbeiteten. Wenn die gehört haben, daß ich in einem Heim groß geworden bin und nie Nestwärme hatte, dann ist bei denen gleich der Beschützerinstinkt angesprungen. Das war richtig rührend, da war ich dann ihr kleines Mädchen, dem sie jeden Wunsch von den Lippen abgelesen haben. Tagsüber war ich ihr kleines Mädchen, auf das sie aufgepaßt haben, und nachts hab ich sie fertig gemacht, das heißt, die ersten beiden. Ich war unersättlich. Natürlich hatten sie Angst vor Viagra wegen ihrem Herzen, aber da hab ich keine Rücksicht drauf genommen. Dann hätten sie sich eben auch keine junge Frau nehmen dürfen. Das, was der Frau in dem Hotel auf den Bahamas passiert ist, hab ich zum Glück nicht erlebt.

Lothar war mein erster Mann, ehemaliger Rechtsanwalt, Witwer, ein bißchen oberlehrerhaft, aber sonst ganz nett. Wir waren gerade ein halbes Jahr verheiratet, da sackte er abends während der Tagesschau in sich zusammen und war tot. Ich hab dann Dirk angerufen, und der ist gleich gekommen und hat den Totenschein ausgestellt. Mein zweiter Mann war Fabrikant, der wollte unbedingt ein Kind von mir. Na, dann soll er sich mal schön anstrengen, hab ich ihm gesagt und natürlich heimlich die Pille genommen. Er war geschieden und hatte einen erwachsenen Sohn, auf dem haben seine ganzen Hoffnungen geruht. Dieser Sohn ist aber bei einem Motorradunfall gestorben. Das war zwei Jahre, bevor wir uns kennengelernt haben. Franz war tierisch eifersüchtig. Der hat mich so gut wie nie aus den Augen gelassen, alles wollte er mit mir zusammen machen. Also hab ich ihn auch mitgenommen in die Disco. Er hat gar nicht gemerkt, wie lächerlich er sich macht. An dem Abend, als ihn mitten auf der Tanzfläche der Schlag getroffen hat, war ich gerade auf der Toilette. Wenn ich so wild rumtanze und schwitze, laß ich mir ab und zu ganz gern eiskaltes Wasser über die Unterarme laufen. Das erfrischt total. Als ich wieder zurückkam auf die Tanzfläche, war ich gerade zum zweiten Mal Witwe geworden. Wir waren etwas über ein Jahr verheiratet.

Dann hab ich eine Pause eingelegt, schließlich mußte ich das alles erst mal verarbeiten, und finanziell ging es mir ja auch schon sehr gut. Aber irgendwann, ich glaub, so nach zwei Jahren, hat es wieder gekribbelt und ich hab Dirk gefragt, ob er nicht jemanden wüßte für mich. Er hat mir dann drei Typen genannt und mir was über die erzählt, und ich wußte sofort, daß mich nur einer von denen interessiert. Das war der schon erwähnte Medizinaldirektor a.D.. Dirk hat ihn so nett beschrieben, seinen feinen Humor und die guten Manieren, außerdem sollte er ein ganz attraktiver Mann sein. Als ich Josef kennenlernte, wußte ich gleich, daß ich ihn so schnell wie möglich heiraten will. Es hat auch nur ein paar Monate gedauert, und dann hat er ganz formvollendet um meine Hand angehalten. Josef war ein wunderbarer Mann, und er war der ein-

JOSEF
BÄUMER
25.3.2003

zige, bei dem ich es total traurig fand, daß er ein krankes Herz hatte. Wir haben auch nur ganz selten miteinander geschlafen und dann auch ganz sachte und vorsichtig. Am schönsten waren unsere Abende. Wenn wir schlafen gingen, küßte er mich auf beide Augen. Dann hab ich mich auf die Seite gelegt und meinen Teddy im Arm gehalten, und Josef hat hinter mir gelegen und mich und den Teddy im Arm gehalten. Dann hat er mir Geschichten erzählt. Er hatte eine tolle Stimme. Es war so schön, in seinen Armen einzuschlafen. Ganz sicher und geborgen hab ich mich gefühlt. Als wir vier Jahre verheiratet waren, hab ich ihn verloren. Ein Drogensüchtiger hat ihn spätabends in einem Parkhaus brutal zusammengeschlagen und ausgeraubt. Ein paar Stunden später ist er im Krankenhaus gestorben. Das ist jetzt ein Jahr her, und ich kann ihn einfach nicht vergessen. Besonders, wenn ich abends mit kalten Füßen im Bett liege, fehlt er mir. Josef hatte immer total warme Hände und Füße. Wie ein lebendiger Ofen war er. Ach Josef …

Eigentlich geht es mir jetzt ganz gut. Als ich damals noch von der Stütze lebte, hatte ich immer Angst, daß ich irgendwann in der Gosse lande, und noch schlimmer, daß es niemanden gibt, dem das etwas ausmachen würde. Aber heute ist das nicht mehr so. Erstens hab ich jetzt genug Geld, und zweitens weiß ich, daß zumindest Dirk total traurig wäre, wenn es mir schlecht gehen würde. Der will nichts zu tun haben mit meinen anderen Freunden. Muß er halt wissen, da misch ich mich nicht ein. Der kommt auch nie zu meinen Feiern. Ich glaube, daß er mich liebt und das gar nicht weiß.

Ich hab beschlossen, daß jetzt Schluß ist mit den Männern. Ich will nicht noch mal heiraten, das kostet mich Kraft und zerrt an meinen Nerven. Außerdem, jetzt hab ich ja alles, was ich wollte. Da kann ich doch nur glücklich sein, oder?

Betrug

Berlin, den 14. Juni

Liebe Claudia,
na, wie geht es Dir? Hast Du Deinen Geburtstag schön gefeiert? Glaub mir, ich wäre wirklich gern für ein langes Wochenende zu Dir gekommen und hätte mitgefeiert, aber ausgerechnet für dieses Wochenende hatte Georg das „Fortbildungsseminar" in Hamburg geplant, und Du weißt ja, wie wenig Zeit wir füreinander haben.

Ach Claudia, mir geht es im Moment gar nicht gut. Nächsten Monat bin ich drei Jahre mit Georg zusammen. Das ist natürlich ein Grund zum Feiern, aber auf der anderen Seite … Ich hätte es ja niemals für möglich gehalten, aber mittlerweile hänge ich so an diesem Mann, daß ich mir ein Leben ohne ihn einfach nicht mehr vorstellen kann. In letzter Zeit ertappe ich mich immer öfter bei dem Gedanken, wie herrlich es wäre, jeden Morgen an seiner Seite aufzuwachen. Wenn er am Abend wieder nach Hause fährt, könnte ich manchmal losheulen.

Ich frage mich oft, warum er überhaupt noch mit dieser Frau zusammen ist. Er sagt immer, es sei wegen Jonas. Aber der Junge ist schließlich schon sechzehn. In dem Alter braucht er Georg doch kaum noch. Da hat man Mädchen, die Clique und Sport im Kopf. Aber Georg ist nun mal sehr verantwortungsbewußt. In einigen Jahren, sagt er immer, sieht alles ganz anders aus. Vor allem werde ich dann ganz anders aussehen! Ich bin nicht mehr die Jüngste, und ich werde auch nicht attraktiver. Ach Claudia, ich habe keine Lust, mein Leben in der Warteschleife zu verbringen …

15.6.

Claudia, ich brauche Deinen Rat, so geht es nicht mehr weiter. Ich habe mir was überlegt, bin mir aber noch nicht ganz sicher, ob ich das auch in die Tat umsetzen soll. Ich habe darüber nachgedacht, was Georg dazu führen könnte, sich scheiden zu lassen. Und ich glaube, ich habe eine Lösung gefunden. Du weißt ja, daß Georg für sechs Wochen in die USA abkommandiert wurde. Letzte Woche haben wir Abschied gefeiert. Ich könnte meine Chefin umbringen, daß ich in der Zeit keinen Urlaub bekomme, aber in der Praxis geht im Moment alles drunter und drüber. Stell Dir vor, sie ist sogar vor kurzem im Behandlungszimmer umgekippt! Na ja, das ist ein anderes Thema. Also, wenn ich Georg nun schreiben würde, daß ich schwanger bin, dann hat er erst mal Zeit und Abstand, über alles nachzudenken. Und wenn er dann wieder zurückkommt, dann kann er mit seiner Frau klare Verhältnisse schaffen. Bis dahin kann er sich überlegen, wie er am besten aus dieser Ehe herauskommt. Natürlich habe ich keine hundertprozentige Sicherheit, daß er sich für mich entscheiden wird, aber ich habe ein gutes Gefühl. Außerdem ist das alles immer noch besser, als jahrelang auf bessere Zeiten zu warten. Georg ist so fürsorglich und liebevoll, der läßt mich bestimmt nicht hängen. Und wenn doch – ich setz jetzt alles auf eine Karte. Wenn es klappt, kann ich ja später immer noch so tun, als ob ich eine Fehlgeburt gehabt hätte. Und wer weiß, vielleicht haben Georg und ich ja wirklich mal ein Kind miteinander?! Sehr viel Zeit bleibt mir auf jeden Fall nicht mehr.

Das Wichtigste für mich ist jetzt, daß Georg klare Verhältnisse schafft. Ich habe vorhin geschrieben, daß ich Deinen Rat brauche. Aber wenn ich es mir recht überlege, brauche ich einfach Deinen seelischen Beistand. Wie denkst Du über die ganze Sache? Ich bin mir jetzt fast sicher, daß ich es so machen werde, wie ich Dir geschrieben habe. Manchmal hilft es schon, etwas aufzuschreiben, und dann kann man viel leichter einen Entschluß fassen. Es muß einfach klappen! Oh, Claudia, drück mir die Daumen. Der Brief ist ein bißchen chaotisch, entschuldige, aber ich bin ziemlich aufgeregt. Bitte schreib schnell zurück.

Alles Liebe und viele Grüße von Deiner Irene

Frankfurt, 17. Juni

Du verrücktes Huhn,
was hast Du nur für komische Sachen vor?!

Du fragst nach meiner ehrlichen Meinung? Hier hast Du sie: Ich halte überhaupt nichts von Deinem Plan. Darf ich Dich mal daran erinnern, daß Du schließlich genau gewußt hast, worauf Du Dich einläßt, als Du Dich in die Geschichte mit Georg gestürzt hast? Ich habe Dir damals schon gesagt, das könnte eines Tages Probleme geben, aber Du hast ja immer wieder betont, wie wichtig Dir Deine Unabhängigkeit ist. Ein Verhältnis mit einem verheirateten Mann zu haben, ist doch eigentlich eine tolle Sache, hast Du gesagt. Man wird verwöhnt, geht keine Verpflichtung ein und muß sich nicht um seine schmutzige Wäsche kümmern. Tja, da hat Dir wohl die Liebe einen Strich durch die Rechnung gemacht. Ich habe in den letzten Monaten so etwas schon kommen sehen. Du hast ja an den Wochenenden fast nur noch zu Hause gehockt und auf seine heimlichen Anrufe gewartet. Was ist mit Deiner viel geliebten Freiheit? Ist Dir die auf einmal nicht mehr wichtig?

Ich finde, es ist ganz schön riskant, was Du da vorhast. Ich habe Georg ja nur einmal gesehen, und das ist auch schon wieder zwei Jahre her, aber ich glaube nicht, daß er Dir so einen Betrug verzeihen würde, wenn er einmal dahinterkäme. Gut, ich kann mich irren, ich kenne ihn ja praktisch nur aus Deinen Erzählungen und Briefen, aber ich habe kein gutes Gefühl bei der ganzen Sache. Außerdem weiß er doch, daß Du seit Jahren wegen Deiner Unterleibsbeschwerden die Pille nehmen mußt. Und dann schwanger? Wie willst Du ihm so was erklären?

Irenchen, überleg es Dir noch mal. Ich kann verstehen, daß Du ungeduldig bist und klare Verhältnisse schaffen willst. Aber muß es denn auf diese Weise sein? Außerdem hätte es doch eine ganz andere Bedeutung, wenn er sich ohne Schwangerschaft für Dich entscheiden würde, meinst Du nicht? Er betrügt zwar seine Frau, aber er hat meiner Ansicht nach trotzdem nicht verdient, so reingelegt zu werden. Schließlich hat er Dir nie was vorgemacht. Laß Dir noch mal in Ruhe alles durch den Kopf gehen, und frag Dich, ob es nicht auch anders geht.

Ich umarme Dich, Deine Claudia

Berlin, den 20. Juni

Mein geliebter Georg,

Du kannst Dir ja nicht vorstellen, wie sehr Du mir fehlst. Es dauert noch einen ganzen langen Monat, bis wir uns wiedersehen. Wie soll ich das nur aushalten!? Einen Monat ohne Deine Blicke, Deine Küsse, Deine Hände ...

Fehle ich Dir auch ein bißchen? Kommst Du vor lauter Kongressen und Geschäftsessen überhaupt dazu, an mich zu denken?

Mein Liebster, das was ich Dir sagen will, kann nicht mehr warten, bis ich Dich wiedersehe. So lange halte ich es einfach nicht mehr aus. Georg, ich weiß gar nicht, wie ich anfangen soll, es ist so unglaublich. Heute morgen war ich bei Dr. Meinrad, meinem Gynäkologen. Und er hat mir gesagt, daß ich schwanger bin! Georg, ich bekomme ein Baby! Ich konnte es mir nicht erklären, weil ich doch schon seit Jahren die Pille nehme. Dr. Meinrad hat mich gefragt, ob ich in letzter Zeit mal krank gewesen sei, und da habe ich ihm erzählt, daß ich vor einigen Wochen diesen scheußlichen Magen-Darm-Infekt mit Erbrechen und Durchfall hatte. Das war in einer Woche, in der wir uns nicht gesehen haben, und deswegen habe ich Dir gar nichts davon erzählt. Ich wollte nicht, daß Du Dir Sorgen machst. Auf jeden Fall sagte mir Dr. Meinrad, daß in so einer Situation die Pille versagen kann, weil sie nicht lange genug im Körper bleibt, bis sie wirkt. Nur, diese ganzen medizinischen Erklärungen nützen jetzt auch nichts mehr. Ich selbst kann es noch nicht richtig glauben, aber es ist passiert: Ich bin schwanger!!

Oh Liebling, wir haben uns so sicher gefühlt.

Über dieses Thema haben wir nie gesprochen. Ich bin so durcheinander. Ich weiß es ja selbst erst seit einigen Stunden. Wie soll es jetzt nur weitergehen?

Eines weiß ich sicher. Ich habe mir dieses Kind zwar nicht gewünscht, aber ich bringe es nicht übers Herz, es abtreiben zu lassen. Es ist schließlich auch Dein Kind, und wie könnte ich das Kind eines Mannes ablehnen, den ich so sehr liebe! Georg, mein Liebster, wie gerne würde ich jetzt in Deinen Armen liegen und von Dir hören, daß alles gut wird. Ich sehne mich so nach Dir. Es tut mir leid, daß ich Dir das alles auf diesem Wege mitteile. Glaube mir, ich hätte es Dir lieber persönlich gesagt und Dich dabei ganz fest umarmt, aber einen ganzen Monat halte ich wirklich nicht aus. Kannst Du das verstehen? Ich freue mich schon so sehr auf den Moment, in dem wir uns wiedersehen. Ich brauche Dich. Wir brauchen Dich.

Ich liebe Dich über alles, Deine Irene

Los Angeles, 29. Juni

Irene,
vorgestern habe ich Deinen Brief erhalten. Ich habe ihn mit großer Bestürzung gelesen. Allerdings aus anderen Gründen, als Du vermutest. Irene, ich hätte nie gedacht, daß Du zu so etwas in der Lage bist. Wir sind jetzt drei Jahre zusammen, wir haben uns geliebt und uns vertraut – und dann hintergehst Du mich auf eine so schäbige Weise! Meine Enttäuschung ist grenzenlos. Du hast es geschafft, meine Gefühle für Dich einfach auszulöschen. Wie konntest Du nur!

Ich will Dich nicht länger auf die Folter spannen.

Wenn Dein Gynäkologe Dir sagt, daß Du schwanger bist, dann wird es wohl so sein.

Aber eines kann ich Dir sagen: Dieses Kind ist mit Sicherheit nicht von mir. Es kann gar nicht von mir sein, und Du sollst wissen, warum nicht. Als ich Anfang zwanzig war, bin ich an Mumps erkrankt. Normalerweise eine Kinderkrankheit und nicht weiter tragisch. Wenn man sie allerdings erst in späteren Jahren bekommt, dann kann das dazu führen, daß man zeugungsunfähig wird. Und genau das ist bei mir passiert. Ich selbst weiß es erst seit ungefähr zehn Jahren. Andrea und ich, wir haben uns lange Zeit ein gemeinsames Kind gewünscht. Als es nicht klappte, habe ich mich untersuchen lassen. Ich bin zeugungsunfähig. Was Jonas angeht, so kannst Du Dir nach all dem sicher denken, daß er nicht mein leiblicher Sohn ist. Als ich Andrea damals kennenlernte, war sie mit ihm schwanger. Es hat mir niemals etwas ausgemacht. Ich war bei der Geburt dabei und habe ihn großgezogen. Für mich ist Jonas mein Sohn.

Irene, ich weiß nicht, ob Du Dir die ganze Geschichte nur ausgedacht hast oder tatsächlich von einem anderen Mann ein Kind erwartest, aber das interessiert mich jetzt auch nicht mehr. Es hat keinen Sinn, daß wir uns wiedersehen. Ich könnte Dir nie mehr vertrauen.

Lebe wohl, Georg

Berlin, 8. Juli

Liebe Sonja,
ich will nicht lange um den heißen Brei herumreden, sondern gleich auf den Punkt kommen. Ich bin

in einer furchtbaren Situation und weiß nicht mehr ein noch aus. Sonja, ich bin schwanger! Mein Gott, was soll ich nur tun? Seit zwei Jahren bin ich jetzt mit Gerd zusammen. Alles läuft so gut, seine Frau ist häufig beruflich unterwegs; sie ahnt genausowenig wie mein Mann. Gerd und ich haben nie gemeinsame Zukunftspläne geschmiedet. Wozu auch? Hin und wieder ein schöner Abend zusammen, das hat uns gereicht. Wie, um alles in der Welt, soll es jetzt weitergehen?

Eine Abtreibung kann ich mir nicht vorstellen, aber wenn ich das Kind bekomme, kann ich gleich die Scheidung einreichen. Andere Frauen in der Situation haben es da einfacher. Angeblich ist jedes zehnte Kind in Deutschland ein Kuckucksei. Aber ich kann meinem Mann doch kein Kind unterschieben. Seit er mit Anfang zwanzig Mumps hatte, ist er zeugungsunfähig. Oh, warum muß ausgerechnet mir so etwas passieren?! In ein paar Tagen kommt er aus den USA zurück, bis dahin muß ich eine Entscheidung getroffen haben. Bitte melde Dich so schnell Du kannst bei mir, ich dreh sonst durch.

Andrea

Klassentreffen

Barbara Mühlbauer war eine lustige Witwe. Sie selbst hätte sich nie so bezeichnet und jede Äußerung in dieser Hinsicht als geschmacklos empfunden und entrüstet von sich gewiesen. Tatsächlich war sie nach dem Tod ihres Mannes langsam, aber merklich aufgeblüht. Einmal in der Woche besuchte sie ihn auf dem Friedhof, brachte einen kleinen Strauß frischer Blumen und sonderte die schon verwelkten aus. Manchmal ertappte sie sich dabei, daß sie ein Liedchen vor sich hin pfiff, dann verstummte sie sofort.

Ihre Fröhlichkeit ging doch nicht mit rechten Dingen zu. Ihre Ehe war bestimmt nicht die beste gewesen, aber so schlecht war sie nun auch wieder nicht. Im Grunde waren sie und ihr Mann ziemlich getrennte Wege gegangen. Nicht, daß sie sich untreu gewesen wären. Für sich konnte Frau Mühlbauer da die Hand ins Feuer legen. Für ihren Mann würde sie es nicht tun, zumindest nicht für die ersten Ehejahre, aber es interessierte sie auch nicht mehr. In ihrer Vorstellung schwirrte er jetzt irgendwo da oben rum und beobachtete sie. Ab und zu schaute sie unvermittelt gen Himmel und streckte die Zunge heraus.

Fritz Mühlbauer war Postbeamter gewesen. Den ganzen Tag hatte er hinter einer Glasscheibe gesessen, Briefe gewogen, Marken verkauft, Pakete angenommen und mit einem Lineal fein säuberliche Striche gezogen. Das alles hatte sich nicht gut auf seine Figur ausgewirkt. Im Laufe der Jahre wurde sein Hinterteil breiter als das seiner Frau, und der Oberkörper wirkte irgendwie zusammengestaucht. Die Brust begann gleich oberhalb des Gürtels. Zu allem Unglück traf ihn ein Schicksal, das er mit vielen Männern teilte. Sein dunkelbraunes, einst volles Haar fiel bereits mit Anfang dreißig aus. Zunächst ließ er sich einen gewaltigen Schnurrbart wachsen, aber nachdem ein Kollege die Bemerkung gemacht hatte, man könne sehen, was er zu Mittag gegessen hatte, rasierte er ihn sofort ab. Statt dessen ließ er die noch vorhandenen Haare wachsen und kämmte sich die Strähnen jeden Morgen von einer Kopfseite quer über den Schädel auf die andere. Das Ganze fixierte er mit dem Haarspray seiner Frau. Als er einmal laut darüber nachdachte, sich ein Toupet zuzulegen, drohte sie mit Scheidung.

Fritz war nicht ungeschickt. Er konnte Autos und Toaster reparieren und sang im Kirchenchor. Hin und wieder ging er in den Wald zum Pilzesammeln. Einmal hatte er dabei eine Leiche entdeckt, ein Ereignis, von dem er noch lange erzählte und das wohl das Aufregendste gewesen war, das er je erlebt hatte. Freitag abends traf er sich zum Doppelkopfspielen mit einem Kollegen, einem Nachbarn und einem Baß aus dem Kirchenchor in seiner Kneipe. Dann kam er manchmal nicht mehr ganz nüchtern nach Hause. Barbara sah großzügig darüber hinweg. Man konnte nicht alles haben, wenigstens rauchte er nicht. Wie oft hörte sie ihre Nachbarin über die gelben Gardinen klagen, die ständig gewaschen werden mußten. Immerhin ein Problem, das sie nicht hatte.

Einmal im Jahr machten Fritz und Barbara zusammen mit den beiden Töchtern Urlaub an der Nordsee. Als die Mädchen in das Alter kamen, in dem sie Lust hatten, ihre Ferien lieber in einem Pfadfinderlager in Frankreich zu verbringen, erlaubten die Eltern es zunächst nur widerstrebend. Nachdem die beiden aber braun gebrannt und gut erholt zurückkamen, war das Ehepaar beruhigt und fuhr fortan allein in Urlaub.

Nur ein einziges Mal konnte Barbara ihren Mann dazu überreden, ein anderes Urlaubsziel anzusteuern: Sie hatte ein traumhaft günstiges Angebot für Tunesien entdeckt. Ein Vier-Sterne Hotel mit Swimmingpool direkt am Strand. Fritz bezeichnete seine Frau als tollkühn und willigte erst nach langen Überredungsversuchen ein. Der Urlaub wurde ein Fiasko. Fritz holte sich den schlimmsten Sonnenbrand seines Lebens, dann verdarb er sich den Magen, und zu guter Letzt wurde ihm sein Photoapparat geklaut. Er schwor, nie mehr woanders als an der guten alten Nordsee Urlaub zu machen, sollte er diesen Urlaub überleben. Er überlebte. Zum Leidwesen von Barbara, die sich oft fragte, ob das alles gewesen sein sollte. Es sollte.

Barbara arbeitete halbtags als Schreibkraft in einem Büro. Als die Töchter selbständiger wurden, dachte sie wieder mehr an sich. Sie traf sich einmal in der Woche mit einigen Freundinnen zum Kaffeetrinken, radelte durch die Gegend und verrichtete hingebungsvoll die Arbeit in ihrem Schrebergärtchen. Daneben ging sie noch ab und zu schwimmen oder las einen Roman. Am liebsten hielt sie sich in dem kleinen Garten auf, den Fritz und sie vor mehr als zwanzig Jahren gepachtet hatten. So ein Grundstück brachte viel Arbeit mit sich. Fritz' Mithilfe beschränkte sich auf Rasenmähen und Laube anstreichen. Aber wenn Barbara wieder einmal dickere Zucchini als all ihre Nachbarn geerntet hatte, kam sie glückstrahlend nach Hause und war zufrieden. Dann konnte sie nichts und niemand mehr aufregen. Selbst Fritz nicht.

Sein Tod kam plötzlich. Fritz saß auf seinem orthopädischen Stuhl im Postamt und hatte gerade einen Brief abgestempelt, als sein Körper nach vorn kippte und er mit der Stirn auf dem Schreibtisch aufschlug. Hirnschlag. Als Barbara ihn später mit dem Stempelaufdruck auf der Stirn erblickte, schrie sie auf, dann brach sie in hysterisches Lachen aus, das schließlich in ein haltloses Schluchzen überging. Sie drückte ihm einen Kuß auf die Stirn, kurz oberhalb des Stempels, schneuzte sich ein letztes Mal geräuschvoll und ging. Sie atmete tief durch und beschloß, nicht mehr zu weinen. Daran hielt sie sich. Das war´s. Nun mußten die Töchter benachrichtigt und die Beerdigung organisiert werden. Wie oft hatte Barbara schon von schwarzen Schafen in der Bestatter-Branche gehört. Manche gingen davon aus, daß man in einer solchen Verfassung gar nicht mehr in der Lage war, klar zu denken und schwatzten einem dann alles mögliche auf. Nicht mit ihr. Zu Hause suchte sie in den Gelben Seiten nach Bestattungsunternehmen in ihrer Nähe und stellte nur eine Frage: Wie teuer ist bei Ihnen der billigste Sarg? Der Tote soll nämlich verbrannt werden, da reicht ein billiger Sarg völlig aus. Die meisten Angerufenen gaben am Telefon nur ungern Auskunft, aber Barbara schaffte es doch, in Erfahrung zu bringen, was sie wissen wollte. Die Preisunterschiede waren enorm: Für einen einfachen Sarg aus Kiefernholz wollte der teuerste Bestatter 700, der billigste nur 200 Euro. Barbara vereinbarte einen Termin. Sie goß sich ein Glas Sherry ein, nippte daran und schloß die Augen. Das war´s also. So fühlte es sich an, Witwe zu sein.

An dem Tag, an dem Fritz Mühlbauer das Zeitliche segnete, feierten Joachim und Margot Grohmann ihre Silberhochzeit. Zu feiern gab es eigentlich nicht viel, aber man wollte Familie, Freunde und Nachbarn nicht enttäuschen und hatte deswegen das Vereinsheim der Kleingartenanlage gemietet. Die Frauen hatten Kuchen und Torten gebacken, und das Abendessen, ein kaltwarmes Buffet, kam vom Party-Service. Knapp sechzig Gäste waren gekommen. Es war wie auf den meisten Feiern im Vereinsheim: Die Luft stickig von Rauch und sonstigen Ausdünstungen, das Bier floß in Strömen, Sahnetorten und Schweinebraten wurden gierig verspeist, dazu spielte der dicke Karl auf seiner Heimorgel Schlager aus den Siebzigern.

Zwischen den Tischen liefen Kinder umher, die Männer hatten ihre Krawatten bereits gelockert, und die Frauen musterten verstohlen Schmuck und Garderobe ihrer Geschlechtsgenossinnen. Je später der Abend, desto deftiger die Witze. Zwischendurch widmeten sich die Männer ernsthaften Themen wie Politik und Fußball. Einige Paare drehten sich auf der Tanzfläche, aber auch nur ab und zu, denn Karls Repertoire war nicht gerade umfangreich: Manche Lieder spielte er nun schon zum fünften Mal. Wenn er spielte – denn die Musik kam immer häufiger vom Plattenteller. Der dicke Karl saß derweil neben seiner dicken Inge, sein Kopf wurde immer röter vom Bier und von der Hitze.

Als die Feier zu Ende ging, hielt Joachim eine kurze Rede und bedankte sich, auch im Namen seiner Frau, für die schönen Geschenke. Die Aufräumarbeiten sollten am nächsten Morgen stattfinden. Joachim und Margot verabschiedeten nach und nach ihre Gäste. Mehrere Präsentkörbe wurden auf einem Tisch in einer Ecke des Raumes zusammengestellt. Die Artikel wiesen von Korb zu Korb kaum Unterschiede auf: Schnaps, Schinken und Schokolade. Sie erfüllten ihren Zweck, indem sie dem Jubelpaar ein gespielt bewunderndes 'Oh' entlockt hatten. Morgen würde man sie mit dem Auto abholen.

Es war zwei Uhr morgens, als Joachim und Margot erschöpft ins Bett fielen. Während Margot schon nach wenigen Minuten laut schnarchte, lag Joachim noch lange wach und dachte nach: Fünfundzwanzig Jahre waren sie nun miteinander verheiratet. „Und wie lange müßt Ihr noch?" hatte ihn irgendein Witzbold am Abend gefragt. Ja, das fragte Joachim sich insgeheim auch. Die kinderlose Ehe dümpelte seit Jahren gleichförmig vor sich hin. Einmal im Jahr ein dreiwöchiger Urlaub in Bayern, einmal im Monat ein kurzer lustloser Beischlaf, einmal in der Woche ein Besuch der Schwiegermutter und mindestens einmal täglich eine lautstarke Auseinandersetzung.

Das sollte alles gewesen sein? Es sollte.

Ein knappes Jahr nach Tod und Silberhochzeit bekamen Barbara Mühlbauer und Joachim Grohmann die gleiche Post: Isolde Lange freute sich bekanntzugeben, daß wiederum zehn Jahre vergangen seien und das nächste Klassentreffen bevorstand. Während Barbara auf alle Treffen gegangen war, hatte Joachim bislang keine Lust gehabt, seine Mitschüler von einst wiederzusehen. Trotzdem hatte er auf jede Einladung höflich geantwortet und Isolde Lange zweimal seine jeweils neue Adresse mitgeteilt. Vielleicht würde er ja doch irgendwann einmal hingehen.

Das diesjährige Klassentreffen war vorgesehen für den 29. Juni, um Antwort wurde gebeten bis zum 1. Juni. Barbara paßte es großartig. Mit einer Witwe, die sie beim Schwimmen kennengelernt hatte, wollte sie für zwei Wochen nach Mallorca fliegen. Am 26. Juni würden sie wieder zurückkommen. In der letzten Maiwoche griff sie zum Telefonhörer und rief Isolde an, um zuzusagen. Betroffen nahm sie zur Kenntnis, daß Paul Mertens nicht mehr dabei sein würde. Seine Frau hatte Bescheid gegeben, daß der Antiquitätenhändler im Frühling an Lungenkrebs gestorben war. Barbara seufzte und dachte wehmütig an den charmanten Mann, der immer eine Zigarette im Mundwinkel und einen flotten Spruch auf den Lippen gehabt hatte. Schade, mit ihm hatte sie alle zehn Jahre so wunderbar geflirtet. Paul hatte Barbara auch nach den Klassentreffen wiedersehen wollen, aber das hatte sie stets abgelehnt. Schließlich waren beide verheiratet. Leider nicht miteinander, wie sie manches Mal bedauernd dachte.

Nun war es also wieder soweit. Wie schnell doch die letzten zehn Jahre vergangen waren! Mit zunehmendem Alter flog die Zeit nur so dahin.

Sonnengebräunt und erwartungsvoll machte sich Barbara mit der S-Bahn auf den Weg in die Innenstadt, wo das Klassentreffen in einem Restaurant stattfinden sollte. Ihr Herz schlug schneller, als sie sich kurz vor der Eingangstür noch einmal durch das volle blonde Haar fuhr.

„Hallo, schöne Frau, auch auf dem Weg zum Klassentreffen?“ hörte sie plötzlich eine Stimme und drehte sich überrascht um. Das war doch …

Wie hieß er noch gleich? Sehr gut in Mathematik, dafür aber völlig unmusikalisch. Verlegen lächelte Barbara den schlanken Mann mit den graumelierten Schläfen an. „Es tut mir leid, ich habe deinen Namen vergessen" gab sie unumwunden zu, während sie ihm die Hand entgegenstreckte. „Ich weiß nur noch, daß du ein Reihe vor mir gesessen und manchmal heimlich unter der Schulbank ein Buch gelesen hast."

„Stimmt genau. Grohmann, Joachim Grohmann ist mein Name. Und du bist Barbara Schäfer, die mit dem dicken Zopf."

Noch immer standen sie vor der Gaststätte und machten keine Anstalten hineinzugehen.

„Richtig", schmunzelte Barbara, „nur daß ich jetzt Mühlbauer heiße."

„Na, wollen wir mal reingehen und sehen, wer von der Bande sonst noch da ist?" Joachim hielt ihr die Tür auf und machte eine einladende Geste.

Gut sieht er aus, schoß es Barbara durch den Kopf, gleichzeitig errötete sie. Beim Eintreten hörte sie sofort die lärmende Gruppe, die in einem Nebenraum des Restaurants untergebracht war. Dort hatte man ausreichend Platz und war unter sich. An der Seite von Joachim Grohmann ging sie auf ihre ehemaligen Mitschüler zu. Beide wurden mit lautem Hallo begrüßt. Besonders Joachim erweckte das Interesse der anderen, hatte ihn doch kaum jemand seit der gemeinsamen Schulzeit wiedergesehen.

Das Klassentreffen verlief wie schon die letzten Male: Nachdem die Runde komplett war, nannte jeder seinen Namen und berichtete kurz über Familie und Beruf. Danach erinnerte man sich an alte Zeiten, erzählte Anekdoten, lachte, lobte und lästerte. Sechs der ehemaligen Mitschüler waren tot, drei verhindert, auch der damalige Klassenlehrer Alfons Grill, von allen nur „Grille“ genannt, war vor vier Jahren im gesegneten Alter von neunundachtzig Jahren gestorben. Am letzten Klassentreffen hatte er noch teilgenommen und zur Erheiterung aller mehrere Ringelnatz-Gedichte zum Besten gegeben.

Es versetzte Barbara einen kleinen Stich zu hören, daß Joachim verheiratet war. Innerlich schalt sie sich dafür. Seit Fritz' Tod hatte sie sich nicht für andere Männer interessiert. Auf dem Friedhof hatte sie einen Witwer kennengelernt, der ihr auf Anhieb sympathisch war. Nach anfänglichem wochenlangen Grüßen hatten sie die ersten Worte gewechselt. Schon bald jedoch ging der Mann Barbara auf die Nerven, da er über nichts anderes redete als über seine verstorbene Frau und bitterlich darüber jammerte, nun für sich allein sorgen zu müssen. Anscheinend hatte sich seine Frau um wirklich alles gekümmert, und er nahm es ihr übel, daß er nun auf sich gestellt war.

Da machte dieser Joachim Grohmann doch einen ganz anderen Eindruck. Weltmännisch und selbstsicher, gepflegt und sensibel, außerdem wunderschöne Hände und Zähne, die danach aussahen, als wären es noch die eigenen.

Merkwürdig, dachte Barbara, als sie zusammen in eine Klasse gingen, war Joachim ihr nie aufgefallen. Er war einer der Scheuen, Zurückhaltenden gewesen, die einem fremd bleiben, auch wenn man sich in all den Jahren an ihre Gesichter gewöhnt.

Im Laufe des Abends bildeten sich kleine Gruppen, teilweise in der Zusammensetzung, die schon zu Schulzeiten bestanden hatte. Joachim wich den ganzen Abend nicht von Barbaras Seite, wollte alles mögliche über ihr Leben wissen, fragte nach ihren

Töchtern, ihrer Arbeit, ihrer Gesundheit und danach, wie sie seit dem Tod von Fritz zurechtkam.

Barbara genoß seine Aufmerksamkeit, und als sie sich kurz nach Mitternacht ein Taxi bestellen wollte, ließ Joachim es nicht zu und bot ihr an, sie nach Hause zu fahren. Er hatte nur wenig getrunken an dem Abend, weil er mit dem Auto gekommen war, und so willigte Barbara schließlich ein. Es wurde die große Abschiedsrunde gemacht, und angesichts des fortgeschrittenen Alters kam man überein, das nächste Treffen bereits nach fünf Jahren stattfinden zu lassen. Aus den Augenwinkeln sah sie, daß getuschelt wurde, als sie, begleitet von guten Wünschen, gemeinsam das Klassentreffen verließen.

Barbara nannte ihm ihre Adresse und freute sich, daß sie ihre Unterhaltung noch einige Minuten würden fortsetzen können.

„Da drüben“, sagte Barbara, „das zweite Haus von rechts.“ Joachim parkte den Wagen direkt vor dem schmalen Reihenhaus und schaltete den Motor ab. Barbara spürte ihr Herz klopfen. Er beugte sich zu ihr, und im hellen Schein der Straßenlaterne konnte sie sehen, daß er lächelte.

„Darf ich noch ein bißchen mit zu dir kommen?“ fragte Joachim und griff nach ihrer Hand.

„Ich … Ich weiß nicht“, stammelte Barbara, „ob das so eine gute Idee ist.“

„Sicher ist das eine gute Idee“, beruhigte Joachim sie und hauchte einen Kuß auf ihren Handrücken. „Nur für ein paar Minuten. Wir trinken ein Gläschen Wein zum Abschied, und dann mache ich mich auf den Heimweg.“

„Also schön“, gab Barbara nach. Joachim hatte sie zwar nicht überzeugt, aber was war schon dabei, versuchte sie sich zu beschwichtigen. Es war doch ein netter Abend gewesen, und schließlich kannte sie diesen Mann seit ihrer Kindheit.

Joachim grinste und zwinkerte ihr zu, ehe er aus dem Auto stieg und, ganz Kavalier, Barbara die Autotür öffnete. Auf den paar Schritten bis zum Haus legte er wie selbstverständlich einen Arm um ihre Taille.

Barbara schauderte vor Angst und Wonne gleichzeitig. Bei den Nachbarn war alles dunkel. Hoffentlich schlief Frau Kamps schon, die größte Klatschtante in der ganzen Straße. Die wußte manchmal Dinge über einen, bevor man sie überhaupt gedacht hatte.

Erst beim dritten Versuch fand Barbara das Schloß. Noch im Flur zog er sie an sich und versuchte sie zu küssen. Sie wehrte sich, aber nur ein bißchen. Was sollte er von ihr denken, wenn sie sich so ganz ohne Widerstand von ihm küssen ließ? Seine Küsse wurden drängender, seine Hände forscher. Wie lange hatte sie so eine Leidenschaft schon nicht mehr erlebt! Es mußte Jahrzehnte her sein. Während einer kurzen Atempause gab sie Joachim zu verstehen, daß sie nicht länger im Flur bleiben wolle, und so näherten sie sich küssend und keuchend der breiten Couch im Wohnzimmer. Joachim lag halb auf ihr und fing an, ihre Bluse aufzuknöpfen. Gleichzeitig spürte Barbara, wie eine Hand unter ihren Rock glitt. Dieser Mann war eine Krake. So viele Hände gleichzeitig schienen sie anzufassen, daß sie gar nicht wußte, wo sie zuerst abwehren sollte.

„Joachim …“ murmelte sie zunächst leise, dann noch einmal lauter „Joachim!“ Der Mann hielt inne. Barbara tastete nach dem Schalter der Lampe in der Wohnzimmerecke. Sein Atem ging schwer, der Krawattenknoten war verrutscht.

„Was ist denn, Liebes?“ fragte Joachim, und schon beim Klang seiner warmen Stimme schmolz Barbara dahin. „Joachim …“ setzte Barbara erneut an, während sie sich vorsichtig aus seiner Umarmung löste, „das geht mir alles ein bißchen zu schnell.“ Sie zögerte. „Möchtest du vielleicht etwas trinken?“ Das letzte Wort war noch nicht richtig ausgesprochen, als Joachim ihr den Mund auch schon mit einem Kuß verschloß. Gleichzeitig hob er Barbara hoch. Soviel Kraft hatte sie ihm gar nicht zugetraut. „Komm, mein Süßes“, raunte Joachim ihr ins Ohr, „wir gehen ins Schlafzimmer, einverstanden?“ Barbara sagte nichts und sah ihn mit großen Augen an. „Wir legen uns auf dein Bett, und ich halte dich einfach im Arm. Ich werde nichts tun, was du nicht auch willst.“

Als kein Protest kam, erklomm Joachim mit ihr das Treppenhaus. Bereits auf der ersten Stufe stolperte er und konnte nur mit Mühe das Gleichgewicht halten. „Laß mich lieber wieder runter“, kicherte sie. „An diese Stufen muß man gewöhnt sein. Sie sind ein bißchen zu hoch ausgefallen.“ Joachim setzte sie vorsichtig ab, sie gingen hintereinander die Treppe hoch, und ihn an der Hand hinter sich herziehend, betrat Barbara ihr Schlafzimmer. Es war ein komisches Gefühl. Noch nie war sie mit einem anderen Mann in diesem Zimmer gewesen. Gut, daß sie heute morgen die Betten gemacht hatte. Joachim schaute sich kurz um, dann zog er Jackett und Schuhe aus und lockerte die Krawatte. Er ließ sich aufs Bett fallen und klopfte auf die Matratze. „Nun komm schon, Barbara.“ Einen Moment kämpfte sie heftig mit sich. Sie sah diesen attraktiven Mann, dachte an Fritz, an die Nachbarn und ihren Ruf. Dann siegte die Neugierde. Sie streifte ihre Pumps ab und legte sich zu ihm. Joachim zog sie an sich. Nach einiger Zeit küßte er sie wieder. Als er sich erneut an ihren Knöpfen zu schaffen machte, tat sie es ihm gleich. Die Haare auf seiner Brust waren grau, und für einen Mann seines Alters hatte er einen erstaunlich flachen Bauch. Barbara konnte noch Spuren seines Rasierwassers wahrnehmen. Ach, war das alles schön! Wie gut es tat, begehrt zu werden. Nein, sie würde nicht an später denken. Das hatte sie nun entschieden. Wer weiß, vielleicht fiele ihr morgen ein Dachziegel auf den Kopf oder ein Bus würde sie überfahren! Sie lebte jetzt. Und sie war wild entschlossen, diese Stunden zu genießen.

„Sekt", flüsterte sie, „ich habe eine Flasche Sekt im Kühlschrank. Sollen wir die köpfen?" Erwartungsvoll blickte sie Joachim an. „Gute Idee", flüsterte er und gab ihr einen Kuß auf die Nasenspitze. „Die hast du wohl extra kalt gestellt, weil du dachtest, na mal sehen, wen ich vom Klassentreffen abschleppe, ist es nicht so?" Barbara lachte mit. „Genauso ist es. Kannst du Gedanken lesen?" Sie löste sich aus seiner Umarmung und machte Anstalten, aufzustehen.

„Nein, nein, du bleibst liegen." Joachim saß bereits auf der Bettkante. „Ich hole die Flasche. Du mußt mir nur verraten, wo ich die Küche und zwei Gläser finde."

„Die Küche ist gleich vis-à-vis der Treppe, du gehst direkt darauf zu. Die Gläser sind in dem Hängeschrank neben der Tür."

„Bin gleich wieder da. Lauf mir ja nicht weg. Krieg ich noch einen Kuß zum Abschied?" Barbara reckte sich ihm entgegen und lachte ihn an. Was für ein hinreißender Mann er war! Jetzt nicht an seine Frau denken. Das würde ihr nur die Stimmung verderben. Sie blickte ihm nach, als er auf Socken das

Schlafzimmer verließ. „Der Lichtschalter fürs Treppenhaus ist links neben der Schlafzimmertür", rief sie. Sie sah das Licht angehen und lehnte sich entspannt zurück. Ob sie ihm wohl gefallen würde? Sie dachte an die bewundernden Blicke, mit denen er sie schon den ganzen Abend verstohlen gemustert hatte und lächelte zufrieden. Wie gut, daß sie Sekt im Kühlschrank hatte. Das war sonst nie der Fall, und die Flasche war eigentlich für die Freundin vorgesehen, die während des Urlaubs ihre Blumen gegossen hatte. Nur war sie noch nicht dazu gekommen, den Sekt zu überreichen.

Während Barbara Joachim in der Küche hörte, beschloß sie, für romantische Stimmung zu sorgen. Weil sie wußten, daß ihre Mutter vor dem Schlafengehen gerne noch Musik hörte, hatten die Töchter ihr einen CD-Spieler fürs Schlafzimmer geschenkt. Am liebsten mochte sie klassische Musik, manchmal auch Operetten, aber das wäre jetzt unpassend. Barbara sah schnell ihre CDs durch und entschied sich für 'Tenderly' von Cleo Laine. Das war genau das richtige: schmusig und weich und wunderbar zum Träumen. Gerade erklangen die ersten Klaviertöne, als sie hörte, wie Joachim die Treppe wieder hochkam. Barbara lächelte erwartungsvoll. Das gedämpfte Licht ließ ihre goldbraune Haut schimmernd und samtweich aussehen.

Es war ein häßliches Geräusch, das sie zusammenfahren ließ. Klirren, ein kurzer Aufschrei, ein Poltern. Dann das Schlimmste: völlige Stille. Atemlos lauschte sie: nichts.

„Joachim?" rief sie angsterfüllt, „Joachim!" Mit einem Satz sprang sie aus dem Bett und stürzte auf den kleinen Flur.

Sie sah ihn sofort. In einer seltsam verrenkten

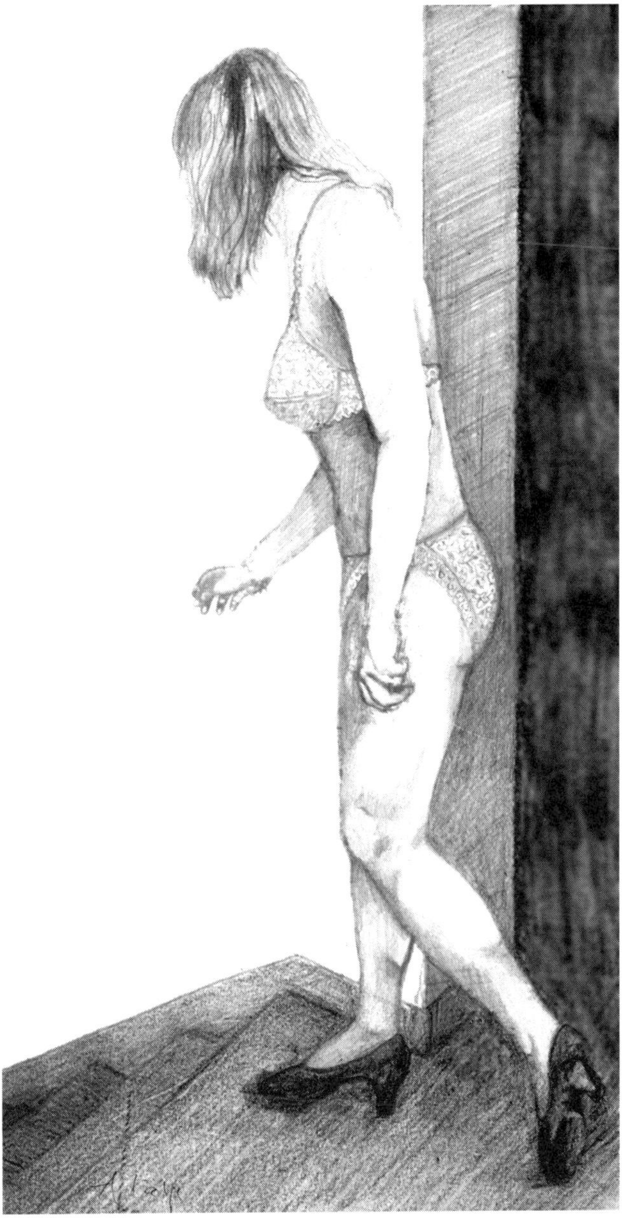

Haltung lag er am Fuße der Treppe. Das Treppenhaus war voller Splitter, über der Szene hing ein süßlicher Sektgeruch. Barbara lief zurück ins Schlafzimmer, schlüpfte in ihre Pumps und eilte die Treppe hinab. Joachim lag halb auf der Treppe und halb auf dem Fußboden. Mit großer Anstrengung drehte Barbara ihn auf den Rücken, immer wieder seinen Namen flüsternd. Sein Kopf schien nicht mehr zu ihm zu gehören und wurde nur durch die Haut am Rumpf gehalten, nicht mehr durch die Wirbelsäule.

Sie sah in sein blutüberströmtes Gesicht und erstarrte: In seiner Stirn steckte eine kleine Glasscherbe, genau an der Stelle, an der bei Fritz der Stempelaufdruck gewesen war.

Gegenüber

Das Innenthermometer zeigte 32 Grad Celsius. Die Isolation war wirklich schlecht. Typisch Dachwohnung. Im Winter ein Kühlschrank, im Sommer ein Brutkasten. Und dieser Sommer war mörderisch. Selbst die Nächte brachten kaum Abkühlung, es ging kein Lüftchen.

Von Ventilatoren halte ich nicht viel. Ich erkälte mich schnell, deswegen hat es keinen Sinn, so ein rotierendes Ungetüm aufzustellen. In diesen heißen Zeiten sind meine Fenster also nur nachts und in den frühen Morgenstunden geöffnet. Die Zimmer verdunkle ich allenfalls, wenn es so heiß ist wie in diesen Tagen. Als Sichtschutz brauche ich die Plastikrollos nicht, denn meine Wohnung und die meiner Freundin, die neben mir wohnt, liegen höher als alle sonst in der Nachbarschaft. Mich interessiert auch nicht, was sich bei fremden Leuten abspielt. Zu denen auf der anderen Straßenseite habe ich noch nicht einmal Grußkontakt.

Nie hätte ich mir träumen lassen, daß ich ausgerechnet durch einen kurzen Blick auf das gegenüberliegende Haus ein entzückendes Schauspiel erleben würde. Eine Darbietung, um die mich jeder Mann beneiden würde. Ich erinnere mich immer wieder gern daran, und dann muß ich lächeln.

An besagtem Tag war die Hitze nahezu unerträglich. Ich hatte mich bis auf meine Unterwäsche ausgezogen. Die nassen Handtücher, die ich auf alle Heizkörper gelegt hatte, waren längst getrocknet, und ich sammelte sie ein, um sie erneut unter den Wasserhahn zu halten. Als ich das Handtuch aus dem Schlafzimmer holte, hörte ich auf der Straße einen Knall. Spontan drückte ich das Fenster einen Spalt breit nach oben und sah hinunter. Nichts Besonderes. Nur eine Fehlzündung.

Mein Blick fiel auf den obersten Stock des gegenüberliegenden Hauses. Vor wenigen Tagen war mal wieder der Umzugswagen dagewesen, es gab noch keine Gardinen, und man konnte alles sehen, wie auf einem Präsentierteller. Keine Ahnung, wer dort wohnte. Ich sah ein Doppelbett, einen großen Kleiderschrank und einen mannshohen rechteckigen Spiegel, der neben dem Schrank auf dem Boden stand. Zwischen Tür und Bett gab es jede Menge Platz.

Gerade wollte ich das Fenster wieder schließen, als ich sie ins Zimmer kommen sah. Sie war höchstens Anfang zwanzig und fast nackt. Ihr Körper war perfekt, soweit ich das von meinem Platz aus beurteilen konnte. Lange schlanke Beine, ein gut geformter Hintern, den ein winziger dunkler Slip mehr betonte als verbarg, eine schmale Taille, mittelgroße feste Brüste, lockiges braunes Haar, das ihr üppig und weich auf die Schultern fiel. Ein hübsches Gesicht. Sie hielt etwas in der rechten Hand, als sie das Zimmer betrat, und ich erkannte, daß es eine Plastikflasche mit Körperlotion war. Sie legte die Flasche aufs Bett und wiegte sich tänzelnd hin und her. Der Anblick war schlichtweg atemberaubend. Ein wunderschönes junges Mädchen, das beinahe unbekleidet vor einem Spiegel tanzte. Ich konnte die Musik nicht hören, aber ich sah, was sie auslöste. Wie geschmeidig waren ihre Bewegungen, wie biegsam ihr makelloser Körper! Ich atmete nur flach und verhielt mich ruhig, als hätte ich die Befürchtung, sie könnte mich sehen, wenn ich auch nur die kleinste Bewegung machte. Dies war gar nicht möglich, weil ich sie durch den schmalen Spalt zwischen Holzrahmen und Plastikrollo beobachtete.

Die Tänzerin griff nach der Flasche, schraubte sie auf und drückte die weiße Milch in ihre Hand. Dann begann sie, noch immer tanzend, die Lotion auf ihre sonnengebräunte Haut aufzutragen. Erst die Hände, dann die Unterarme, Ellbogen, schließlich die Oberarme. Die Finger glitten über den Hals und wanderten weiter zu den Brüsten, auf denen sie sanft die Flüssigkeit verstrich, sich dabei selbst im Spiegel beobachtend, den Kopf kokett hin und her drehend. Pure Lebensfreude und jugendliche Kraft, ein Fleisch gewordener Sonnenstrahl, der das ganze Zimmer erhellte! Ihre Hände wanderten in kreisenden Bewegungen weiter über den flachen Bauch, strichen über die Hüften und versuchten sich an ihrem Rücken. Dazwischen, mit der Flasche in der Hand, drehende Bewegungen, Tanzschritte, ein Schwingen und Vibrieren.

Ich kam mir schäbig vor, aber ich konnte nicht widerstehen: In Windeseile holte ich aus dem Nebenzimmer ein Fernglas und hoffte inständig, diesen herrlichen Anblick noch ein Weilchen genießen zu dürfen. Während ich das Glas scharf einstellte, hatte die Aphrodite einen Fuß auf den Bettrand gesetzt und trug die Lotion auf den Beinen auf. Nachdem sie alles verrieben hatte, setzte sie sich auf die Bettkante und widmete sich ihren Füßen. Als sie ihr Werk vollendet hatte, begann sie wieder vor dem Spiegel zu tanzen, leicht, beinahe schwebend, graziös.

Leider hatte das Schauspiel ein Ende, als ich sah, wie Marko vor dem Haus einparkte. Er hatte sich für heute angekündigt, um mir ein neues, schnelleres Modem anzuschließen. Mit Bedauern ließ ich das Fernglas sinken und griff nach dem dünnen Baumwollkleid, das ich mir bereits auf dem Bett zurechtgelegt hatte.

Übrigens, ich hätte ihm ja zeigen können, was mir die letzten zwanzig Minuten so versüßt hatte, aber gelohnt hätte es sich nicht: Mein Enkel ist schwul.

„Ja, ja, ich komm ja schon. Eine alte Frau ist kein D-Zug."

Mit langsamen Schritten bewegte sich Elsa zum Telefon und trug den Apparat in die geräumige Wohnküche, in der sie gerade ein Kreuzworträtsel löste. Erst als sie sich bequem hingesetzt hatte, hob sie endlich den Hörer ab.

„Elsa Schwarz am Apparat."

„Ich bin es. Komme gerade aus dem Krankenhaus."

Elsa hörte, wie ihre Schwester einen langen erleichterten Seufzer ausstieß.

„Martin ist über den Berg. Seit heute morgen ist er wieder auf der normalen Station. Hat mein Beten also geholfen."

Über Elsas Gesicht huschte ein zufriedenes Lächeln. „Na Gott sei Dank. Das sind doch mal gute Nachrichten. Wie geht es ihm? Hat er starke Schmerzen?"

„Sie haben ihn vollgestopft mit Schmerzmitteln. Die meiste Zeit sitze ich an seinem Bett und streichle seine Hand. Er ist so blaß und spitz im Gesicht." Gertrud schluchzte. „Es ist furchtbar, das eigene Kind in so einer Verfassung zu sehen."

„Er hat es geschafft, hast du gesagt. Das allein zählt.

Du darfst dich nicht so aufregen, Gertrud. Denk an deine Gesundheit. Der Arzt hat dir jede Aufregung verboten. Es war schon schwierig genug, dir den Unfall von Martin beizubringen. Ich hatte Angst, du kriegst eine Herzattacke."

Gertrud putzte sich geräuschvoll die Nase. „Ist ja schon gut. Unkraut vergeht nicht."

Elsa griff nach ihrer großen geblümten Kaffeetasse und nahm genüßlich einen Schluck.

„Sag mal, wie lange bleibst du eigentlich in München?"

„Keine Ahnung. Ich bleibe solange, wie Martin mich hier braucht. Mal sehen, ein bis zwei Wochen, vielleicht aber auch länger. Du kommst doch ohne mich zurecht, oder?"

Elsa nickte. „Na, na, jetzt tu mal nicht so groß und stark. Du bist zwar die Jüngere, aber vergiß nicht: *Du* hast ein schwaches Herz, nicht ich. Ich muß mich um *dich* sorgen, nicht umgekehrt. Sicher komme ich hier allein zurecht. Ist nur ungewohnt, wir sind ja sonst immer zusammen."

Sie nippte wieder an ihrem Kaffee. „Erzähl mir doch noch von Martin. Hat er einen netten Zimmernachbarn?"

„Ja, einen Lateinlehrer, Anfang fünfzig, schätze ich mal, also in Martins Alter. Er macht einen ganz netten Eindruck und hat mir versprochen, daß er ein bißchen auf Martin acht geben wird. Vorhin habe ich übrigens noch mit der Ärztin gesprochen. Sie hat gesagt, das mit dem Kopf ist weniger schlimm als die Sache mit dem Bein. *Das* wäre eine wirklich komplizierte Operation gewesen. In einem Jahr muß er noch mal für ein paar Tage in die Klinik, dann werden diese furchtbaren Schrauben und Stifte entfernt. Ach, daß der Junge aber auch so ein Pech haben mußte ..."

Gertruds Stimme klang bedrückt.

„Daran ist jetzt nichts mehr zu ändern. Hauptsache, er wird wieder gesund. Außerdem ..." Elsa zögerte kurz. „Wer sich in Gefahr begibt, kommt darin um, sage ich immer. Tut mir leid, aber ich finde es einfach idiotisch, in seinem Alter noch Rollschuh zu laufen." Bei allem Mitgefühl, aber diesen Kommentar konnte sich Elsa nicht verkneifen.

Gertrud reagierte gereizt. „Inline-Skates heißt das. Und mußt du schon wieder damit anfangen? Wenn es ihm Freude macht, dann soll er es eben tun. Er hat Bewegung und ist an der frischen Luft. Gönn ihm doch den Spaß!"

„Ist ja schon gut", erwiderte Elsa versöhnlich. „Rufst du mich morgen wieder an? Zur gleichen Zeit wie heute?"

„Mach ich. Was machst du heute noch?"

Unschlüssig ließ Elsa ihren Blick schweifen.

„Weiß noch nicht. Vielleicht gucke ich mir einen Film an und strick dabei den Pullover zu Ende. Oder ich spiel mal wieder Klavier, mal sehen. Dann also bis morgen abend, Gertrud. Und grüß Martin von mir." Ohne eine Antwort abzuwarten, legte sie den Hörer auf die Gabel.

Der letzte Schluck Kaffee war bereits kalt geworden. Elsa erhob sich schwerfällig und kippte den Rest in die Blumenerde. Den Pflanzen bekam das gut. Die leere Tasse stellte sie auf der Spüle ab. Dort türmte sich schon der Abwasch von drei Tagen, aber Elsa hatte keine Lust gehabt, zu spülen. Sie genoß es, sich ein bißchen gehen zu lassen. Nicht mehr lange, und Gertrud würde zurückkommen, dann würden auch wieder Ordnung und Sauberkeit einziehen.

Sie stellte das Telefon zurück auf die kleine Kommode im Flur und zog sich eine Strickjacke über. Wieder in der Küche, bereitete sie ihr Abendessen zu. Mit dem Teller in der einen und einem Glas Traubensaft in der anderen Hand ging sie ins Wohnzimmer. Sie schaltete den Fernseher an und lehnte sich entspannt zurück. Gerade hatten die Nachrichten begonnen, und Elsa verfolgte mäßig interessiert die Feierlichkeiten zum ersten Jahrestag der deutschen Einheit. Auf dem letzten Radieschen kauend, griff sie nach dem Fernsehprogramm. Heute kam mal wieder nichts, was ihr gefiel.

„Blöde Flimmerkiste“, murmelte Elsa frustriert und schaltete den Fernseher aus. Dann brachte sie Teller und Glas zurück in die Küche. Es war noch früh am Abend. Sie konnte sich in den gemütlichen Ohrensessel setzen und den Roman weiterlesen, aber so richtig Lust hatte sie nicht dazu. Wie wäre es statt dessen mit ein bißchen Klavierspielen? Das hatte sie nun schon wochenlang nicht gemacht. Der Klavierhocker knarrte, als sie sich darauf setzte, und bedächtig klappte sie den Deckel des Instruments auf. Schon klangen zarte Walzerklänge durch die Wohnung, und Elsa summte leise mit. Sie konnte nur wenige Stücke auswendig spielen, und schnell war ihr Repertoire erschöpft. Mißmutig blätterte sie die wenigen Notenhefte durch, die auf dem Klavier lagen. Nach diesen Stücken stand ihr heute nicht der Sinn. Wie viele Jahre hatte sie nun keine Sonatinen mehr gespielt! Aber die waren nicht hier unten, sondern irgendwo da oben auf dem Dachboden. Ob sie ihre Schwester anrufen sollte, um zu fragen, wo genau die Noten sich befanden? Schließlich war der Dachboden ihr Reich. Ach was, sie würde die Noten schon finden.

Es war anstrengend, die Treppe auszufahren, aber mit einigen Flüchen ging es leichter. Sich krampfhaft am Geländer festhaltend, stieg Elsa vorsichtig die steilen Stufen empor. Oben angekommen, tastete sie als erstes nach dem Lichtschalter, dann zog sie fröstelnd die Strickjacke enger um ihre Brust. Die nackte Glühbirne spendete nur spärliches Licht, und Elsa brauchte eine Weile, bis sie sich an das Dämmerlicht gewöhnt hatte. Seit Jahren war sie nicht mehr hier oben gewesen. Der größte Teil des Dachbodens stand leer. Die Sachen, die sich dort befanden, nahmen noch nicht mal ein Drittel der Fläche in Anspruch: Zwei Schränke, Regale mit leeren Blumentöpfen, Büchern und Einmachgläsern und auf dem Boden mehrere Kisten, Kartons und eine schwere Holztruhe mit Eisenbeschlägen, dazu einige große Plastiktüten mit alten Vorhängen darin. Neugierig schaute Elsa sich um. Sie klappte die Kartons auf, sah aber gleich, daß sie nichts enthielten, was sie interessierte. Ausrangierte Kleidung, abgetragene Schuhe, alte Zeitschriften und Medikamente, die seit Jahren das Verfallsdatum überschritten hatten. Mein Gott, was Gertrud alles hortete. Elsa zog es zu der alten Truhe. Entweder die Noten ihrer Mutter waren dort drin, oder sie würde aufhören zu suchen und doch warten, bis Gertrud wieder zu Hause war. Das Schloß der Truhe war beschädigt. Der Deckel gab ein ungewöhnlich lautes quietschendes Geräusch von sich, als Elsa ihn hochklappte. Auf den ersten Blick sah sie einige Notenhefte. Na bitte, danach hatte sie doch gesucht. Polonaisen von Chopin – nein, das war ihr zu schwer. Das Sonatinenbuch war nicht zu finden, und schließlich legte Elsa ein Notenbuch beiseite, das sie statt dessen mit hinunter nehmen würde. Sie entdeckte einige Schellackplatten, die sie hellauf begeisterten. Lauritz Melchior! Curt Bois! Oh, wie herrlich! Sie mußten sich unbedingt ein Grammophon zulegen, um diese alten Kostbarkeiten wieder hören zu können. Als sie die Platten zurücklegte, ertastete sie auf dem Boden der Truhe einen großen braunen Briefumschlag. Sie zog ihn hervor und sah mit Verwunderung, daß er zugeklebt war. Keine Aufschrift gab Aufschluß über den Inhalt.

Nach kurzem Zögern beschloß sie, den Umschlag mit nach unten zu nehmen und ihn zu öffnen. Sie legte ihn in das Notenbuch und vergewisserte sich, daß sie nichts in der Truhe übersehen hatte. Dann schloß sie den Deckel. Das Buch unter den linken Arm geklemmt, hielt sie sich beim Abstieg mit nur einer Hand am Geländer fest. Trotz ihrer Ungeduld zügelte sie sich und bewegte sich langsam und vorsichtig. Endlich war es geschafft, und Elsa hatte wieder festen Boden unter den Füßen. Sie verschnaufte einen Moment und ging, von Unruhe gepackt, geradewegs ins Wohnzimmer. Sie legte das Notenbuch ab, schaltete die Stehlampe an, holte einen Brieföffner und ließ sich auf die Couch fallen. Nachdem sie ihre Lesebrille aufgesetzt hatte, schlug sie das Notenbuch auf und nahm den großen Umschlag heraus. Sie zögerte noch einen Moment unschlüssig, dann siegte die Neugier und sie griff entschlossen zum Brieföffner. Zum Vorschein kamen drei Briefe und eine alte Photographie. Ihr Blick fiel zuerst auf das Bild, und sie erkannte, daß es das gleiche war, das auf dem Klavier stand. Es zeigte ihre Mutter, Salomon, Gertrud und sie selbst. Elsa schmunzelte. Wie sie und ihre Schwester Salomon anhimmelten! Er war nun mal der bestaussehendste, charmanteste Stiefvater gewesen, den man sich vorstellen konnte. Immer noch schmunzelnd, wandte sich Elsa nun den Briefen zu, aber gleich darauf verschwand ihre Fröhlichkeit, und sie runzelte die Stirn. Eindeutig erkannte sie die Handschrift von Kurt, ihrem seit langem verstorbenen

Mann. Sie hatte sich immer liebevoll darüber amüsiert, daß er so eine Kinderhandschrift hatte. Warum nur waren diese Briefe an ihre Schwester adressiert? Elsa beschlich ein komisches Gefühl, und ihr Herz begann schneller zu schlagen. Auf einem Umschlag befand sich nur der Name ihrer Schwester, einen Brief hatte er ihr nach Hause geschickt und einen nach Kiel. Die Poststempel waren kaum leserlich. Man liest nicht anderer Leute Briefe, schoß es ihr durch den Kopf, aber wenn diese Briefe von ihrem Mann stammten und an seine Schwägerin gerichtet waren, dann konnte man schon mal eine Ausnahme machen. Mit dem nagenden Gefühl, etwas Verbotenes zu tun, holte Elsa alle Briefe aus ihren Umschlägen heraus und schaute nach, welcher am frühesten datiert war. Dieser hier war vom 21. August 1938.

Elsa las die Überschrift und erstarrte. „Geliebte Gertrud" stand dort in der vertrauten Schrift.

„Geliebte Gertrud? Wie redet der die denn an?" entfuhr es ihr fassungslos. Sie spürte ein leichtes Zittern in den Händen, als sie mit dem Lesen fortfuhr. Sie hatte das Gefühl, jetzt stark sein zu müssen, gewappnet für etwas kaum Erträgliches.

Geliebte Gertrud, weißt Du, was heute für ein Tag ist? Vor genau einem Jahr haben wir uns zum ersten Mal geküßt. Du wolltest Elsa und mich abholen, und wir wollten zusammen zu Onkel Heinrichs Geburtstagsfeier. Elsa war noch einmal hochgelaufen, weil sie ihr Tuch vergessen hatte, und ich half Dir in den Mantel. Wir standen in der Garderobe vor dem großen Spiegel. Ich hinter Dir mit meinen Händen auf Deinen Schultern. Du hast mich angestrahlt, und plötzlich hast Du Dich umgedreht und mir einen Kuß gegeben, mitten auf den Mund. Und dann noch einen. Ich habe Deinen Körper ganz dicht an meinem gespürt. Als Du mich angeschaut hast und mich dieser warme Blick aus Deinen Rehaugen traf, da war es um mich geschehen. Ich wußte plötzlich, daß ich Dich liebte. Es war mir, als hätte ich mich mit Elsa die ganze Zeit nur getröstet, während ich in Wirklichkeit nur auf Dich gewartet habe. Ich danke Dir für ein wunderschönes Jahr, für einmalige Stunden voller Liebe und Zärtlichkeit, wenn es auch gestohlene Stunden waren. Heute abend auf Onkel Heinrichs Geburtstag sehen wir uns wieder. Ich will Dir dieses Briefchen in die Tasche schmuggeln und hoffe, wir finden Gelegenheit zu besprechen, wann und wo wir uns das nächste Mal treffen. Vielleicht können wir uns sogar küssen? Immerzu spüre ich Deine Lippen auf meinen. In zwei Stunden sehe ich Dich wieder. Ich kann es kaum erwarten. In Liebe, Dein Kurt.

Langsam ließ Elsa den Brief auf den Schoß sinken. Ihr Gesicht war aschfahl geworden. Etwas in ihr weigerte sich zu glauben, was sie soeben gelesen hatte. Doch nicht ihr Kurt! Das konnte gar nicht sein. Sie hätte etwas bemerken müssen. Kurt und Gertrud waren höflich zueinander gewesen, aber nie besonders freundlich oder gar herzlich. Plötzlich kam Elsa der Gedanke, daß das vielleicht ihr Trick gewesen war. Möglicherweise hatten sie nur so gleichgültig getan, damit sie keinen Verdacht schöpfte. Fahrig griff sie nach dem zweiten Brief vom 13. Oktober 1938, während ihre Augen sich langsam mit Tränen füllten.

Mein Liebes, ich bin noch immer so verwirrt. Vor einer Woche hast Du es mir gesagt. Noch besteht die

Hoffnung, daß Du Dich irrst, nicht wahr? Ich meine, auch bei Elsa ist es nicht immer regelmäßig und kommt manchmal später.

Elsa schluchzte zutiefst erschreckt auf. Sie drückte die geballte Faust an ihre Brust und flüsterte atemlos „Um Gottes willen – er meint doch wohl nicht, daß Gertrud …“.

Warte noch einen Zyklus ab, dann geh zum Arzt. Nimm nicht gleich das Schlimmste an. Wir müssen in Zukunft vorsichtiger sein. Ich liebe Dich so sehr. Aber ich habe Dir auch von Anfang an gesagt, daß wir keine gemeinsame Zukunft haben werden. Du weißt, warum es unmöglich ist, daß ich mich von Elsa trenne. Du bist noch so jung, mein Liebes. Du darfst Dich nicht an mich binden. Gertrud, verzeih mir das Chaos in diesem Brief, aber Du mußt verstehen, daß ich seit Deiner Andeutung mehr als nervös bin. Ich liebe Dich, Dein Kurt.

Elsa zog ein Taschentuch aus ihrer Strickjacke, nahm die Brille ab und fuhr sich über die geröteten nassen Augen. Wie hatte Kurt ihr nur so etwas antun können! Er war doch immer so liebevoll und aufmerksam gewesen. Wie furchtbar war es für beide, als ihnen der Arzt nach der Totgeburt mitgeteilt hatte, daß Elsa nie wieder schwanger werden dürfe. Kurt hatte ihr damals feierlich versprochen, trotzdem bei ihr zu bleiben, sie nie zu verlassen, obwohl er immer von einer großen Familie geträumt hatte. An sein Versprechen hatte er sich ja gehalten, dachte Elsa bitter, wenn auch auf seine Weise. Sie fühlte sich erschöpft und ausgelaugt, als sie den letzten Brief aus dem Umschlag nahm, setzte die Brille wieder auf und begann den Brief vom 30. Juli 1939 zu lesen.

Gertrud, in wenigen Tagen werde ich mit Elsa nach Freiburg ziehen. Mein Sohn ist nun schon einen Monat alt, und ich habe ihn bisher noch nicht gesehen, außer auf dem Photo, das Du Elsa geschickt hast. Ich bin sehr traurig.

Elsa begannen die Buchstaben vor den Augen zu verschwimmen. Mit erstickter Stimme stieß sie den Namen ihres Neffen hervor. Martin! Das durfte nicht wahr sein!

Es hat mir sehr weh getan, daß Du mich in den letzten Monaten so gemieden hast. Ich ertrage es kaum. Ich weiß aber auch, daß ich Dir keine Vorwürfe machen darf. So wie Du darauf gehofft hast, daß ich zu Dir und unserem Kind stehen würde, habe ich mich an das Versprechen gebunden gefühlt, das ich Elsa damals gegeben habe. Du hast Dich bewundernswert konsequent verhalten. Ich bitte Dich nur inständig um eines: Enthalte mir den Jungen nicht ganz vor. Offiziell bin ich sein Onkel. Laß mich ihn wenigstens in dieser Funktion ab und zu sehen. Gertrud, wie lange willst Du noch in Kiel bleiben? Besteht die Möglichkeit, Dich und das Kind noch zu sehen, bevor ich nach Freiburg gehe? Ich möchte Euch so gerne Lebewohl sagen. Wenn Du Geld brauchst, laß es mich wissen. Ich werde alles für Euch tun, was Du zuläßt. In Liebe, Dein Kurt.

Die Trauer schwappte über Elsa wie eine große heiße Welle, die alles mit sich fortriß. Sie war kaum in der Lage, einen klaren Gedanken zu fassen. Warum nur war all dies geschehen? War sie Kurt keine gute Frau gewesen? Wieso hatte Gertrud ihrem Sohn nie erzählt, wer sein Vater war? Daß es der gute Onkel Kurt war, an dem der Junge so hing? So viele Jahre lebte sie nun schon mit Gertrud unter einem Dach. Wie hatte sie sich jahrelang gesorgt – Gertrud mit ihrem schwachen Herzen! Elsa fühlte plötzlich, wie sich zu dem Gefühl der grenzenlosen Trauer und Enttäuschung noch ein anderes Gefühl gesellte, eines, das ihr bis dahin fremd gewesen war und mit dem sie keine Erfahrung hatte: Sie fühlte Haß in sich hochkriechen. Sie preßte ihre Fingerkuppen an die Schläfen und sah vor ihrem geistigen Auge Gertrud, Kurt und Martin. Martin war das Kind, das sie und Kurt sich immer gewünscht hatten. Gertrud hatte es bekommen. Sie hatte Elsa den Mann weggenommen. Sie hatte alles zerstört, ihr alles genommen. Alles. Denn was taugte jetzt noch die Erinnerung an Kurt? Nichts. Gar nichts. Elsas Blick war leer, als sie erneut die Brille abnahm und sie zusammen mit den Briefen auf dem Wohnzimmertisch ablegte. „Ich hasse dich, Gertrud. Das wirst du mir büßen“, flüsterte sie.

„Willst du noch ein Stück Kuchen, mein Junge? Nimm nur, es ist ja genug da. Und hast du noch Kaffee?“

Erwartungsvoll blickte Elsa auf ihren Neffen, der ihr am Küchentisch gegenübersaß.

„Ja, Tante Elsa, ich hab noch genug Kaffee. Und zu deinem guten Apfelkuchen sage ich nicht nein.“

Es war das erste Mal seit Gertruds Beerdigung, daß Elsa und Martin sich wiedersahen. Elsa schob ihm das dritte Stück Apfelkuchen auf den Teller.

„Ich freue mich, daß du mich mal besuchen kommst. Das war ein hartes Jahr. Erst dein schlimmer Unfall. Dann der plötzliche Tod von Gertrud. Es war alles zu viel für sie." Tiefe Falten durchschnitten ihre Stirn, als sie bekümmert fortfuhr. „Es ist immer noch wie ein Alptraum für mich. Ich verstehe einfach nicht, daß sie ihr Nitro-Spray nicht genommen hat, als sie den Anfall bekam. Dann hätte sie doch überlebt! Und ausgerechnet an dem Nachmittag war ich nicht zu Hause."

Zwischen zwei Bissen Kuchen suchte Martin nach den passenden Worten. „Ist ja schon gut, Tante Elsa. Du mußt dir keine Vorwürfe machen. Du hast doch erzählt, daß sie ein Fläschchen mit dem Spray in ihrer Handtasche und das andere in der Kommode hatte, wie immer. Daß sie es nicht mehr bis dahin geschafft hat, und auch keine Hilfe mehr rufen konnte – damit hast du nichts zu tun. Du konntest schließlich nicht rund um die Uhr bei ihr sein."

Elsa nickte mit verhaltener Zustimmung und seufzte schwermütig. Dann nahm sie erneut einen Schluck Kaffee aus ihrer großen geblümten Tasse.

„Natürlich hast du recht, Martin. Ich konnte nicht ständig bei ihr sein, aber trotzdem. Wäre ich zu Hause gewesen, hätte ich ihr helfen können. Das macht mich fertig."

„Laß uns nicht mehr von ihrem Tod reden, Tantchen. Wir können sie ja doch nicht wieder lebendig machen", versuchte Martin unbeholfen, sie auf andere Gedanken zu bringen.

„Weißt du eigentlich, daß ich mir oft gewünscht habe, du und Onkel Kurt – ihr wäret meine Eltern gewesen? Mutter war schon ganz in Ordnung, aber sie war immer so furchtbar nervös und unruhig. Außerdem wäre es für mich viel schöner gewesen, Mutter *und* Vater zu haben. Ein Vater hat mir wirklich sehr gefehlt, glaub mir."

Elsa stellte die Kaffeetasse ab. „Wenigstens konnte ich Gertrud dazu überreden, dich ab und zu in den Ferien zu uns zu schicken."

Als Martin lächelte, bildeten sich zwei Grübchen in seinen Wangen. Elsa tastete sein Gesicht mit ihren Blicken ab und suchte nach einer Ähnlichkeit mit Kurt. Nein, Grübchen hatte er nicht gehabt.

„Daran erinnere ich mich heute noch gern." Martins Stimme holte sie wieder zurück. „Es war eine unbeschwerte Zeit. Ich weiß noch, wie Onkel Kurt manchmal mit mir Fußball gespielt hat oder wir im Wald Pilze gesammelt haben. Und mit dir konnte ich immer über alles reden. Das ging mit Mutter nicht. Du hättest erleben sollen, wie sie ausgerastet ist, wenn ich sie nach meinem Vater gefragt habe. Da war einfach nichts aus ihr herauszukriegen. Irgendwann hat sie gar nicht mehr reagiert, wenn ich dieses Thema angesprochen habe. Da war ich ganz schön sauer auf sie."

Martin fühlte bei dieser Erinnerung Wut und Hilflosigkeit in sich emporsteigen.

„Du hast recht", pflichtete ihm seine Tante bei. „Sie hat immer eisern geschwiegen. Ich habe es auch nicht verstehen können. Wir waren zwar fünf Jahre auseinander, aber eigentlich haben wir uns immer alles erzählt. Damals zumindest. Nach meiner Heirat mit Kurt haben wir uns nicht mehr so häufig gesehen, aber an unserem guten Verhältnis hat das nichts geändert. Trotzdem – kein Sterbenswörtchen hat sie verraten. Deine Mutter war unglaublich zäh und willensstark. Sie hat keiner Menschenseele etwas von ihrer Schwangerschaft erzählt. Nach der sogenannten Reichskristallnacht ist sie zu Tante Erna nach Kiel gefahren und nicht mehr zurückgekommen. Erst im Sommer '39 habe ich wieder von ihr gehört. Sie hat mir ein Photo von dir geschickt. Du warst gerade ein paar Tage alt. Geschrieben hatte sie nur: „Darf ich Dir Deinen Neffen Martin vorstellen? Er wurde am 26. Juni geboren.“ Das war alles. Immer noch kein Wort darüber, wer dein Vater ist. Mein Gott, habe ich mich gesorgt um sie. Gut, Tante Erna war eine vernünftige Frau. Trotzdem machte ich mir Sorgen, besonders, was das Seelische anging.“

„Und du hattest damals nicht die leiseste Idee, wer mein Vater sein könnte?“ fragte Martin. Er hatte seiner Tante diese Frage schon so oft gestellt, und immer hatte er die gleiche unbefriedigende Antwort bekommen. Trotzdem hörte er nicht auf zu fragen. Auf diese Weise wurde ein Stück Vergangenheit lebendig, in der er eine wichtige Rolle gespielt hatte. Manchmal gestand er sich ein, daß ihm das ausreichte und er schon lange nicht mehr damit rechnete, jemals zu erfahren, wer sein Vater gewesen war.

„Ich hab mir auch den Kopf darüber zerbrochen, Martin. Es könnte vielleicht passiert sein, als sie für ein paar Tage bei Tante Erna in Kiel war. Immerhin ist sie dann ja auch nach Kiel gegangen. Später habe ich ihr das auf den Kopf zugesagt, aber sie hat nur mit den Achseln gezuckt und gemeint, das ginge niemanden etwas an. So ein Dickkopf. Und trotzdem tat sie mir leid. Sie war noch keine zwanzig, als sie dich bekam. Sie hat viel Schlimmes erlebt, bevor sie nach Kiel ging. Besonders hat sie unter allem gelitten, was mit Salomon passierte. Mir ging es natürlich auch sehr nah, aber ich lebte mit Kurt zusammen und bekam nicht mehr soviel mit.“

Elsas Gedanken wanderten zu dem Photo auf dem Klavier, das die einstmals so glückliche kleine Familie zeigte.

„Über Euren Stiefvater hat sie auch nur wenig gesprochen. Ich wollte, daß sie mir alles über früher erzählt. Wie der Alltag war, welche Konsequenzen es hatte, daß Salomon ein Jude war, wie es ihm ging, als er deshalb seinen Beruf nicht mehr ausüben durfte, wie Eure Mutter es fertigbrachte, ihn im Stich zu lassen.“

Martins Wangen hatten sich leicht gerötet. Bei diesem Thema war er in seinem Element.

„Na, so richtig im Stich gelassen hat sie ihn ja nicht“, widersprach Elsa. „Am Anfang hat sie noch zu ihm gehalten, aber nachdem er nicht mehr praktizieren durfte, muß es wohl immer unerträglicher geworden sein. Sie hatten bald kaum noch Geld. Die Schikanen und die Verachtung nahmen von Woche zu Woche zu. Mama hat damals mir gegenüber eine Bemerkung gemacht, daß sie sich wahrscheinlich scheiden lassen wird. Sie hatte von der Möglichkeit einer Scheidung aus rassischen Gründen gehört und überlegte allen Ernstes, auf diese Weise ihre Haut zu retten. Gertrud und ich haben sie damals verachtet für ihre Schwäche. Na ja, zu einer Scheidung ist es dann auch nicht mehr gekommen. Gertrud hat das natürlich noch viel intensiver mitbekommen als ich, schließlich lebte sie mit beiden unter einem Dach.“

„Es hat mich alles so brennend interessiert. Aber sie wollte partout nicht darüber sprechen. Sie sagte immer, diese Zeiten seien so furchtbar gewesen, daß sie sich gar nicht daran erinnern wolle, und dann wechselte sie das Thema. Wenn sie sonst nicht übel war, aber in mancher Hinsicht hab ich sie einfach nicht verstanden. Da fand ich sie unmöglich. Ich hab dann irgendwann aufgehört, Fragen zu stellen, und wenn man bestimmte Themen mied, wie zum Beispiel Salomon, dann konnte man mit ihr ganz gut auskommen."

Elsa nickte mitfühlend und in Gedanken versunken. „Ja, was Salomon anging, war Gertrud besonders empfindlich. Sie hat sehr an ihm gehangen. Wir beide. Aber sie hat ja noch die richtig schlimmen Zeiten mit ihm erlebt. Er hätte sich retten können, wenn er rechtzeitig emigriert wäre, aber er hat zu lange gewartet. Er war so kultiviert und angesehen und konnte sich nicht vorstellen, daß es noch schlimmer kommen würde. Er hoffte immer auf ein Wunder. Ich werde nie den Tag vergessen, an dem wir ihn alle zum letzten Mal gesehen habe. Durch Zufall war ich dabei, als sie ihn abgeholt haben. Am 27. Oktober '38 um sieben Uhr abends. Sie kamen zu zweit. Ein Polizist in Uniform und ein Mann in Zivilkleidung. Wir hatten gerade zu Abend gegessen. Salomon mußte ein sogenanntes Ausweisungsschriftstück unterschreiben und sofort mitgehen. Nur einen kleinen Koffer mit Kleidung und Toilettenzubehör durfte er mitnehmen. Ungefähr 17.000 Juden mit polnischer Staatsangehörigkeit haben sie innerhalb von zwei Tagen nach Polen abgeschoben. Und auch die Staatenlosen, die aus Gebieten eingewandert waren, die zu Polen gehörten. Salomon war einer von ihnen. Stell dir nur mal vor: Er war damals schon seit mehr als zwanzig Jahren in Deutschland, aber er hatte immer noch keine deutsche Staatsangehörigkeit. Das Problem war nur – in Polen wollte man diese Menschen auch nicht haben. Ich weiß noch, daß Gertrud sich aufführte wie eine Verrückte. Für mich war es auch schlimm, du weißt ja, wie gern wir ihn hatten. Mutter saß am Tisch und starrte mit versteinertem Gesicht aus dem Fenster. Es war furchtbar."

Von der Erinnerung überwältigt, schlug Elsa die Hände vors Gesicht und wiegte den Kopf leicht hin und her.

Martin schwieg einige Sekunden taktvoll. „Ich verstehe nicht, daß Ihr beide später nicht über diese Zeit gesprochen habt. Ich meine, da gab es doch so viel zu verarbeiten, und es hätte bestimmt geholfen, über alles zu reden."

Erst jetzt löste Elsa die Hände langsam von ihrem Gesicht und schaute starr auf ihre Kaffeetasse. Auch ihr gingen diese Gespräche sehr nahe.

„So sehe ich das ja auch, Martin. Wir haben viele Jahre zusammengelebt, deine Mutter und ich. Gertrud hatte nur wenig Geld, ich bekam dagegen eine gute Rente nach Kurts Tod. Und wo ich nun auch allein war, haben wir uns eben zusammengetan. Aber wir haben wirklich so gut wie nie über früher gesprochen. Seit sie damals mit dir schwanger geworden ist und nach Kiel ging, hat sie sich mir gegenüber irgendwie verschlossen. Um ehrlich zu sein, manchmal habe ich sie insgeheim bewundert, wie sie es schaffte, vor aller Welt geheimzuhalten, wer dein Vater ist. Sie war wirklich unglaublich konsequent. Man darf nicht vergessen, wie jung sie noch war. Ich hätte sie und dich damals gern mitgenommen nach Freiburg. Kurt hat ja kurz vor dem Krieg dort eine Stelle bekommen. Aber Gertrud wollte nicht. Sie wollte bei Tante Erna in Kiel bleiben."

„Hast du nie versucht, aus Tante Erna herauszubekommen, wer mein Vater sein könnte? Vielleicht hat Mama ihr ja alles erzählt", spekulierte Martin halbherzig.

Elsa zuckte mit den Achseln. „Ich weiß nicht, ob Gertrud sich Tante Erna anvertraut hat. Sie ist zwar deine Patentante gewesen, aber ob sie Bescheid wußte, weiß ich nicht. Tante Erna ist 1941 gestorben. Und dann gab es wirklich niemanden mehr, der mir vielleicht noch etwas hätte sagen können – außer deiner Mutter natürlich, aber die wollte nicht."

Elsa beugte sich vor und schaute in Martins leere Tasse. Sie griff nach der Isolierkanne und blickte ihren Neffen fragend an.

Martin schüttelte kaum merklich den Kopf und schenkte seinem Gegenüber ein frustriertes, etwas bitteres Lächeln.

„Nein, Tante Elsa, ich habe genug Kaffee für heute. Weißt du, was ich jetzt mache? Ich nehme mir ein gutes Buch und setze mich ein bißchen in den Garten."

Elsa fiel der eigentliche Grund ein, aus dem ihr Neffe zu ihr gekommen war. „Und wann willst du dir anschauen, welche Sachen deiner Mutter du nach München mitnimmst? Ich habe bis jetzt alles so gelassen, wie es war, aber allmählich möchte ich doch mal anfangen, auszusortieren."

Martin erhob sich vorsichtig. Seit dem Unfall waren seine Bewegungen eher zaghaft. „Nachher fange ich an. Jetzt gehe ich erst mal raus, wenn du nichts dagegen hast. Morgen will ich auch noch ein bißchen rumstöbern; ich fahre ja erst am Nachmittag zurück, dann habe ich noch den halben Tag Zeit."

Martin war schon fast an der Küchentür angelangt, als er innehielt und sich zu seiner Tante umdrehte. „Ach, gut, daß es mir noch einfällt." Er griff in seine Jackentasche und zog ein Kuvert hervor, das er lächelnd hochhielt. „Das ist ein Brief von Mutter. Der liegt schon seit zig Jahren bei mir zu Hause." Wie eine weiße Taube flatterte der Brief vor Elsas

Nase und landete vor ihr auf dem Tisch. „Es ist wirklich schon ewig her, damals war ich nämlich noch verheiratet. Als Eva so krank war, ist Mama für einige Zeit bei uns gewesen.“

Gedankenverloren griff Elsa nach dem Umschlag. „Ja, ja, das war in dem Jahr, bevor wir zusammengezogen sind. Der Brief ist für mich? Weißt du, was drin steht?“

„Nein. Sie hat ihn mir damals in die Hand gedrückt und gesagt, ich soll ihn aufbewahren. Er sei für dich, und ich soll ihn dir geben, falls sie vor dir stirbt. Wenn du eher sterben solltest, dann sollte ich ihn ihr zurückgeben. Also, Tantchen, hier ist er. Ich geh jetzt mal raus in die Sonne. Bis später.“

Leiser Sarkasmus schwang in seiner Stimme, als er hinzufügte „und sollte darin die große Offenbarung stehen, wer mein Vater ist, dann läßt du es mich bitte wissen, ja?“

Elsa schwieg und blickte ihrem Neffen nach. Nein, daß Kurt sein Vater gewesen war, würde sie ihm nie sagen. Das ging ihn nichts an. Nun wußte er es seit über fünfzig Jahren nicht, also mußte er es nicht jetzt noch erfahren. Er würde nur unangenehme Fragen stellen, die ihr peinlich waren und die Vergangenheit wieder heraufbeschwören würden. Noch eine Minute saß Elsa bewegungslos, ehe sie Anstalten machte, den Umschlag zu öffnen. Also noch ein Brief. Mit Briefen hatte sie in letzter Zeit keine gute Erfahrung gemacht. Sie setzte die Brille auf. Mit einer Mischung aus Neugier und ungutem Gefühl schlitzte Elsa den Umschlag mit einem Obstmesser auf, das auf dem Tisch lag. Der Brief war vom 4. August 1972 und umfaßte mehrere Seiten. Wie alle Briefe ihrer Schwester, war er mit brauner Tinte geschrieben.

Liebe Elsa, ich habe beschlossen, diesen Brief an Dich bei Martin zu deponieren. Wenn Du ihn liest, lebe ich nicht mehr. Zunächst einmal möchte ich Dir dafür danken, daß Du immer auf meiner Seite warst, auch dann, wenn es für Dich bestimmt nicht einfach war. Ich weiß, daß Du enttäuscht darüber warst, daß ich Dir nie gesagt habe, wer Martins Vater ist. Wir haben uns früher immer alles erzählt, und ich wußte, es könnte unser gutes Verhältnis trüben, wenn ich Dich nicht ins Vertrauen ziehe. Aber ich habe mich gebunden gefühlt an das Versprechen, das ich dem Mann gegeben habe, den ich über alles liebte und den auch Du geliebt hast.

Elsa nahm die Brille ab und massierte sich die pochenden Schläfen. Wenn sie ihn nicht geliebt hätte, wäre sie wohl kaum seine Frau geworden. Ja, sie hatte Kurt über alles geliebt, wenn er es anscheinend auch nicht verdient hatte. Mit einem Seufzer setzte sie die Brille auf und las weiter.

Uns beide hat er bezaubert von dem Moment an, als Mama ihn uns vorgestellt hat. Weißt Du noch, wie wir beschlossen haben, daß wir den schönsten und besten Stiefvater auf der ganzen Welt hätten?

Die Buchstaben tanzten vor Elsas Augen und ergaben keinen Sinn. Den letzten Abschnitt mußte sie noch einmal lesen. Nein, das war völlig ausgeschlossen. Gertrud konnte doch nicht Salomon meinen. Doch nicht Salomon! Ihr Mund öffnete sich wie zu einem stummen Schrei, die Augen waren schreckensweit geöffnet. Elsa zwang sich, weiterzulesen und grub gleichzeitig ihre Zähne in den linken Handrücken.

Wie haben wir ihn beide angehimmelt! Und er hat es sich gern gefallen lassen. Später begannen meine Gefühle für ihn mich zu verwirren. Aus der Jungmädchenschwärmerei wurde allmählich etwas anderes. Einmal war ich fast soweit, Dir zu erzählen, daß ich mich in ihn verliebt hatte. Aber ich schämte mich. Salomon war schließlich wie ein Vater für uns. Außerdem hattest Du Dich gerade in Deinen Kurt verliebt, und man konnte mit Dir über nichts anderes reden. Salomon hat lange nicht bemerkt, was ich für ihn empfand. Er hatte andere Sorgen. Seine Situation wurde von Jahr zu Jahr schlimmer, und damit letztendlich für uns alle. Erst im Sommer ´38 verliebte er sich auch in mich. Das Zusammenleben mit Mutter war unerträglich geworden, und wir fühlten, daß es nur noch eine Frage der Zeit war, bis sie ihn verläßt. Ich hätte alles für ihn getan. Wir versuchten, uns gegenseitig zu trösten und zu helfen. Dazu kam unsere ständige Angst, daß Mama oder sonst wer etwas merken könnte. Ein polnischer Jude und seine Stieftochter – das wäre doch ein gefundenes Fressen gewesen. Damals wurde man für weniger denunziert. Erst kurz bevor er abgeholt wurde, habe ich erfahren, daß ich schwanger bin. Salomon war völlig mutlos geworden. Er glaubte nicht mehr, daß wir eine gemeinsame Zukunft haben würden. Für den Fall, daß etwas passieren sollte, nahm er mir das Versprechen ab, nie irgend jemandem zu erzählen, daß er der Vater des Kindes ist. Als Kind eines Juden würde es zu sehr leiden müssen. Er wollte, daß sein Kind die Chance bekäme, als Christ aufzuwachsen. Mit einer christlichen Mutter kein Problem. Es sollte getauft werden. Ich versprach es ihm. Und jetzt, Elsa, kommt Dein Kurt ins

Spiel. Im Sommer bin ich einmal in der Nähe des Instituts gewesen und beschloß spontan, Kurt 'Guten Tag' zu sagen. Seine Sekretärin war nicht da, und so spazierte ich geradewegs in sein Zimmer. Ich habe vorher nicht geklopft. Und da standen die beiden eng umschlungen und küßten sich wie wild. Sie hatten noch nicht einmal gehört, daß ich hereingekommen war. Erst als ich mich räusperte, fuhren sie auseinander. Fräulein Meiser verließ sofort mit hochrotem Kopf das Büro.

Fassungslos ließ Elsa den Brief auf ihren Schoß sinken. Das süße nette Fräulein Meiser? Das konnte doch nicht wahr sein. Gerade eben noch hatte sie gespürt, wie sich bei aller Tragik ein Jubel in ihr regte, erst zaghaft, dann immer stürmischer. Kurt war nicht der Vater von Martin. Er war ihr treu gewesen. Nur das zählte. Und nun ... Eine dicke Träne löste sich langsam aus dem Augenwinkel und tropfte auf den Brief.

Kurt setzte an, mir etwas zu erklären, aber ich winkte ab und ging. Nachdem Salomon weggebracht worden war, kam mir eine Idee. Ich wollte in Salomons Sinn handeln und brauchte einen arischen Vater für mein Kind und zur Not auch einen Beweis, daß tatsächlich ein Arier der Vater des Kindes war, das ich in einigen Monaten bekommen würde. Außerdem brauchte ich einen weiteren Beweis für den Fall, daß jemand mich denunzieren würde, ein Verhältnis mit einem Juden gehabt zu haben. Ich hatte Kurt in der Hand. Ich ging abermals zum Institut und erklärte ihm, daß ich seine Hilfe brauche. Wenn er sie mir verweigern sollte, würde ich Dir von seiner Beziehung zu Fräulein

Meiser erzählen. Ich bat ihn um drei Briefe, die er mir schreiben solle und aus denen hervorgeht, daß er der Vater meines Kindes ist. Damit alles genau so läuft, wie ich es mir vorstellte, hatte ich beschlossen, die Briefe selbst zu schreiben. Kurt sollte sie dann in seiner Handschrift abschreiben. Zwei Briefe brachte ich gleich bei meinem ersten Besuch mit. Kurt wehrte sich nur schwach. Sein schlechtes Gewissen Dir gegenüber war einfach zu groß. Ich wartete eine Stunde in seinem Büro, bis er die Briefe abgeschrieben hatte. Einen Umschlag steckte ich ein, den zweiten warf ich selbst in den Briefkasten. Den dritten Brief schickte ich ihm nach Martins Geburt aus Kiel ins Institut mit der Aufforderung, die Abschrift dieses letzten Briefes nach Kiel zu schicken. Kurt hielt sich zähneknirschend an diese Abmachung. Ich gab ihm nie eine Erklärung dafür, warum er brieflich den Vater von Martin spielen sollte. Seine Fragen blockte ich ab und verwies auf Fräulein Meiser. Ich war selbst erstaunt, daß es so gut funktionierte.

Das Geräusch war so laut und kam so unerwartet, daß Elsa einen hohen Schrei ausstieß und sich ans Herz griff. Zwei kleine Spray-Flaschen waren mit großer Wucht auf den Tisch geknallt worden; Elsa schaute verwirrt hoch und blickte geradewegs in die brennenden Augen ihres Neffen.

„Mein Gott, Junge, hast du mich erschreckt." Elsas Puls raste, und sie nahm nervös und verängstigt wahr, daß sich das Gesicht des Mannes nur wenige Zentimeter vor ihrem eigenen befand.

„Die Sonne hat sich wieder verzogen. Ich habe also beschlossen, jetzt schon anzufangen, mir Mutters Sachen anzuschauen."

Martins Stimme klang anders als sonst. Gefährlich leise und überdeutlich, so erschien es Elsa. „Angeblich hast du ja nichts verändert. Ich habe Mamas Spray-Fläschchen mit dem Nitro-Spray gefunden. Genau, wie du gesagt hast, eins in der Kommode, das andere in einer Handtasche."

Angsterfüllt wich Elsa seinem Blick aus, der sie noch immer zu durchbohren schien und senkte den Kopf. Plötzlich spürte sie mit Grauen, wie Martin sie am Kinn packte und ihr Gesicht unsanft in seine Richtung drehte.

„Es ist nur so, Tante Elsa, daß beide Spray-Flaschen leer sind. Kannst *du* mir das vielleicht erklären?"

Eis oder Pudding

„Keeeeviiin, Mittagessen!"

„Jaaaa."

Das Spiel wird abgebrochen, der Computer heruntergefahren. Dann dröhnen schwere Schritte auf der Treppe. Als Kevin ins Eßzimmer kommt, sitzen die Eltern schon am Tisch. Der Junge setzt sich an seinen Platz, greift nach der Limonadenflasche und füllt sein Glas. Gierig, und ohne einmal abzusetzen, trinkt er und gießt sein Glas gleich wieder voll. Die Mutter nimmt ihm die Flasche aus der Hand, schenkt sich und ihrem Mann ein.

Ein dickes Stück Pizza landet auf Kevins Teller, der Teig hoch und weiß, Wurstscheiben schmiegen sich an Schinkenstücke, es duftet nach Oregano.

„Mhmmm, Pizza, super!"

Kevin stopft sich den Mund voll, der Käse zieht lange Fäden, die Hände sind fettverschmiert.

Keine Unterhaltung, jeder mampft schweigend und genüßlich vor sich hin. Eine zweite Limonadenflasche macht die Runde, der Vater rülpst laut, die Mutter guckt vorwurfsvoll, Kevin grinst.

Das nächste Stück ist nicht mehr ganz so heiß, schmeckt aber immer noch gut. Kevin schmatzt zufrieden.

„Was gibt's zum Nachtisch?"

„Eis oder Pudding, wie du willst."

„Schokopudding?"

„Ja, mit Vanillesoße. Und du?"

Die Mutter wendet sich an ihren Mann.

„Eis".

Er trinkt sein Glas aus. Sie erhebt sich mühsam,

stapelt die Teller übereinander und trägt sie in die Küche. Ihr Gang ist watschelnd, die Schenkel reiben bei jedem Schritt aneinander und erzeugen dabei einen schabenden Ton.

„Bring mal die Gläser in die Küche“, sagt der Vater.

Kevin verzieht mürrisch das Gesicht, tut aber, wie ihm geheißen. Die Mutter kommt mit einem Tablett zurück. Eine halbvolle Flasche Kümmelschnaps, zwei kleine Gläser, zwei Schalen mit bunten Eisbällchen, eine Dose Sprühsahne, ein Plastikbecher Schokopudding mit Vanillesoße, drei Teelöffel. Schnaufend stellt sie das Tablett ab. Der Vater greift nach einer Eisschale, sprüht einen Berg Sahne aufs Eis und löffelt genießerisch. Die Mutter tut es ihm gleich. Kevin kaut noch, als er sich wieder an den Tisch setzt. In der Küche hat er sich den Mund mit Weingummi vollgestopft. Jetzt reißt er den Stanioldeckel vom Puddingbecher und lacht über das Geräusch, das entsteht, als er dicke Sahnekringel auf die Vanillesoße sprüht.

„Klingt wie'n Furz“, sagt er und lacht. Der Vater greift nach seinen Zigaretten und lacht auch. Die Mutter ißt andächtig ihr Eis. Als sie die Schale ausgelöffelt hat, gießt sie sich und dem Mann je ein Glas Schnaps ein. Sie prosten sich zu, ehe sie den Alkohol runterkippen.

„Aaaah. Das tut gut. Ist gut für die Verdauung.“

„Mittagsschläfchen!“ verkündet der Vater fröhlich, tätschelt seiner Frau den Oberschenkel und steht auf. Er macht sich nicht die Mühe, den Knopf seiner Hose zu schließen. Sein Bauch ist so dick, daß man den Knopf ohnehin nicht sieht. Die Mutter guckt auf die Uhr.

„Um halb vier kommt Barbara zum Kaffeetrinken.“

Kevin schaut erfreut auf.

„Gibt's Kuchen?" fragt er erwartungsvoll.

„Natürlich", erwidert die Mutter, „Apfelkuchen und Nußecken."

„Super", sagt Kevin.

Er ist müde und unentschlossen, was er bis dahin machen soll. Die Hausaufgaben hat er bereits am gestrigen Samstag erledigt, heute wird gefaulenzt. Das Geschirr ist in der Spülmaschine, die Eltern verschwinden im Schlafzimmer. Kevin lümmelt sich auf die Couch, greift nach der Fernbedienung. Bald verliert er das Interesse am Zappen durch die Kanäle. Bevor er in sein Zimmer geht, holt er sich aus einer Schublade im Wohnzimmerschrank eine Tüte Lakritz und steigt dann schwerfällig die Treppe hoch. Während er mit seinem Computerspiel fortfährt, stopft er sich das Lakritz in den Mund, ohne es überhaupt zu merken. Kurz nach halb vier klingelt es. Kevin hört, wie Tante Barbara Vater und Mutter begrüßt. Wenig später sitzen alle am Eßtisch. Barbara sieht, wie Kevin seine dritte Nußecke verschlingt und wendet sich mit besorgtem Gesicht den Eltern zu.

„Nur noch ein halbes Jahr", sagt sie zwischen zwei Bissen Apfelkuchen. „Ihr solltet langsam aufpassen."

„Ein halbes Jahr ist noch lang", schmatzt der Vater. Die Mutter schweigt. Als Kevin zur vierten Nußecke greift, blickt die Mutter ihn mahnend an.

„Eine noch, dann ist Schluß."

„Ach, Mama..."

„Schluß, hab ich gesagt."

Kevin seufzt und kämpft sich wieder die Treppe hoch zu seinem Computer.

„Finger weg!“

Die Mutter gibt einen leichten Klaps auf Kevins Hand, die nach einem Keks greift.

„Maaaamaaaa! Biiiitte!“

Kevin schiebt frustriert die Unterlippe vor und quengelt. Er gibt greinende Geräusche von sich wie ein Säugling, dem man aus heiterem Himmel den Schnuller aus dem Mund gezogen hat.

„Keine Diskussionen!“

Die Mutter guckt streng, der Vater vor dem Fernseher schaufelt Ernußflips in sich hinein. Sie nimmt die Keksdose aus Kevins Reichweite und sagt mit vorwurfsvollem Ton:

„Nur noch zwei Monate. Du mußt dich jetzt wirklich anstrengen.“

Kevin kämpft mit den Tränen. Er verschränkt die Unterarme auf dem Tisch und läßt langsam den Kopf nach vorn sinken, bis die Stirn auf einem Arm aufliegt. Die Mutter hört sein lautes Seufzen und die knuspernden Kaugeräusche ihres Mannes.

„Fährst du Kevin oder soll ich?“

„Fahr du. Ist grad so spannend.“

Der Mann wendet den Blick nicht vom Fernseher ab. Sie steht langsam auf und legt eine Hand auf Kevins Schulter.

„Komm.“

„Ich hab keine Lust.“ Seine Stimme klingt weinerlich.

„Das ist egal. Komm jetzt, es muß sein. Bald haben wir's geschafft, mh?“

Mit einem Anflug von Zärtlichkeit streicht sie ihm durchs Haar. Kevin schleppt sich mit hängenden Schultern zur Garderobe, zieht seine Sportschuhe an und greift nach dem Anorak. Er folgt seiner Mutter zum Polo und setzt sich auf den Beifahrersitz.

Die Fahrt dauert nicht lange. Ungefähr drei Kilometer weiter hält die Mutter am Straßenrand. Der Junge quält sich aus dem Sitz, knallt laut die Tür zu und sieht dem Wagen nach, bis er außer Sichtweite ist. Dann macht er sich auf den Weg.

Als er zu Hause ankommt, ist er verschwitzt und außer Atem. Die Mutter sitzt neben dem Vater auf der Wohnzimmercouch.

„Jetzt noch ein Viertelstündchen aufs Fahrrad, dann hast du's für heute geschafft."

Sie lächelt ihm aufmunternd zu, während er den Anorak auszieht. Den Hometrainer haben sie aus dem Keller hochgeholt und im Wohnzimmer aufgestellt, damit sie den Sohn sehen können, wenn er fährt. Auf diese Weise kann er sie nicht beschummeln. Die Stimmen aus dem Fernseher übertönen das Surren des Fahrrads, ein an- und wieder abschwellendes Geräusch, je nachdem, wie kraftvoll Kevin in die Pedalen tritt. Nach fünf Minuten will er aufhören.

„Ich kann nicht mehr", jammert er.

„Noch zehn Minuten", sagt die Mutter und schaut auf die Uhr. Sie läßt sich nicht erweichen. Kevins Herz rast, als er mit zittrigen Beinen vom Fahrrad steigt. Der Schweiß rinnt an seinem Körper herunter, er keucht.

Nach dem Duschen sitzt er im Schlafanzug neben seiner Mutter auf der Couch. Sie hat einen Arm um seine Schulter gelegt, sein Kopf ruht müde an ihrer großen Brust. Auf dem Tisch vor ihnen steht eine Flasche Mineralwasser für Kevin. Sie selbst trinkt Cola, ihr Mann Bier.

„Zeit für's Bett", der Vater schaut auf die Uhr, die Mutter zieht ihren Arm weg und greift nach den Erdnußflips. Kevin schluckt und sieht, wie sie die Flips in den Mund schiebt, eine Handvoll nach der anderen.

„Ich will auch!“

„Du hast doch schon die Zähne geputzt. Ab jetzt, ins Bett. Wenn du willst, kannst du noch Wasser trinken.“

„Ich hab Hunger!“

„Du mußt noch warten bis zum Frühstück.“ Ihre Stimme klingt plötzlich weich, der Junge tut ihr leid.

„Du weißt, es muß sein“, fügt sie sanft hinzu. Sie wünschen sich eine gute Nacht, und Kevin geht auf sein Zimmer. Er will noch den Computer anschalten und ein paar Minuten spielen, aber er kann kaum die Augen offenhalten.

„Meine Güte, wir schaffen's nicht. Nur noch eine Woche“, jammert die Mutter „und er hat immer noch zwei Kilo zuviel.“

„Dann kriegt er eben jeden Tag nach der Schule Abführpillen und Entwässerungstabletten.“ Der Vater ist zufrieden mit seiner Idee.

Die Woche vergeht nur langsam. Kevin weint viel. Ihm ist oft schwindelig. Einmal hat er auf dem Schulhof einen Schwächeanfall, die Mutter holt ihn mit dem Auto ab. Trotzdem muß er noch am gleichen Tag laufen und Fahrrad fahren. Morgens und abends stellen die Eltern ihn auf die Waage, die Anspannung läßt etwas nach, als sie sehen, daß die Pillen den gewünschten Erfolg zeigen.

Dann ist es soweit.

Kevin schlüpft morgens in seine zu weit gewordenen Jeans und zieht den Gürtel stramm. Ihm ist schlecht vor Aufregung. Wird sich die Anstrengung gelohnt haben? An diesem Morgen kann er nichts essen, er fühlt sich, als hätte er Steine im Magen.

Ihr Termin ist um elf Uhr. Die Mutter war gestern extra noch beim Friseur. Sie ist noch nervöser als Kevin und ißt doppelt soviel wie sonst, um sich zu beruhigen. Um halb elf setzen sie sich in den Polo und fahren zum Gesundheitsamt. Es ist schwierig, einen freien Parkplatz zu bekommen.

Die Mutter geht mit Kevin zur Anmeldung und gibt ein Formular ab. Im Korridor sind zusätzliche Stühle aufgestellt worden. Viele Kinder, die überwiegend von ihren Müttern begleitet werden, bevölkern den Flur. Sie sind alle in einem Alter, aber von unterschiedlichem Gewicht.

Nach ungefähr einer Stunde wird Kevins Name aufgerufen. Ängstlich betritt er zusammen mit seiner Mutter das Zimmer. Eine Ärztin in weißem Kittel kommt auf sie zu und schüttelt ihnen die Hand, während sie nach dem Schilddrüsenbefund fragt, den sie mitbringen mußten. Sie überfliegt ihn rasch, murmelt „in Ordnung“ und fordert Kevin auf, sich bis auf die Unterwäsche auszuziehen. Sein Herz schlägt wie rasend, als sie erst seine Körpergröße mißt und ihn dann wiegt. Danach kann er sich wieder anziehen, die Ärztin hat sich an den Schreibtisch gesetzt und notiert etwas. Die Mutter kann kaum noch an sich halten, atmet schwer und preßt eine Faust an ihre Brust. Ihre Haltung ist völlig verkrampft. Kevin sitzt blaß und ängstlich neben ihr, beide starren wie gebannt auf die Ärztin. Endlich schaut sie lächelnd auf.

„Glück gehabt“, sagt sie. „Ihr Sohn hat zwar immer noch erhebliches Übergewicht, aber er liegt zwei Kilo unterhalb der Grenze.“

Die Mutter seufzt erleichtert und drückt Kevin strahlend an sich. In ihren Augen schimmern Tränen. Der Junge stößt einen Freudenschrei aus, reißt jubelnd die Arme hoch und erwidert dann lachend die Umarmung der Mutter.

„Schaun wir mal …" sagt die Ärztin und blättert in ihren Unterlagen, gleicht Daten mit Tabellen ab und verkündet dann:

„Ab dem nächsten Monat erhöhen sich die Krankenkassenbeiträge für Kevin um drei Prozent. Sie müssen außerdem mit Ihrem Sohn einen Kursus über gesunde Ernährung belegen. Hier im Gesundheitsamt. Lassen Sie sich eine Bescheinigung ausstellen, daß sie beide den Kurs besucht haben. Die brauchen Sie dann bei ihrem nächsten Termin in zwei Jahren. Ihr Mann kann übrigens gern auch daran teilnehmen. Es ist immer am sinnvollsten, wenn die ganze Familie an einem Strang zieht."

Die Ärztin klappt ihre Kladde zu, steht auf und verabschiedet die beiden.

„Sie haben wirklich Glück gehabt" fügt sie hinzu. „Heute morgen habe ich schon fünf Familien mitteilen müssen, daß Ihnen das Sorgerecht entzogen wird."

Als Kevin und seine Mutter das Amt verlassen, sind sie immer noch außer sich vor Freude und Erleichterung.

„Und was machen wir jetzt?" fragt Kevin selig.

Jetzt wird gefeiert!" sagt die Mutter. „Da vorn ist eine Eisdiele."

Das Weihnachtsglöckchen

Es war einmal eine winzig kleine Glocke, kaum größer als ein Fingerhut. Sie hing zusammen mit vielen anderen Glocken, Lichtern und bunten Kugeln an einer festlich geschmückten, großen Tanne, auf deren Spitze ein Engel mit goldenen Haaren thronte. Es fehlten nur noch wenige Tage bis zum Heiligen Abend. Der schöne Weihnachtsbaum stand mitten auf dem Marktplatz einer kleinen Stadt und strahlte in feierlichem Glanz. Wenn es schneite, dann ruhten sich tausend Schneeflöckchen auf den ausladenden Armen des Baumes aus, und die Lichter, Glocken und Kugeln schienen einen Zuckerhut zu tragen.

Viele Menschen waren so sehr mit ihren Weihnachtseinkäufen beschäftigt, daß sie achtlos an dem schönen Weihnachtsbaum vorbeigingen. Andere blieben stehen und sahen bewundernd an ihm empor, denn er war wirklich prächtig anzusehen.

Auch Lisa blieb jeden Tag vor dem Baum stehen und freute sich an dem herrlichen Anblick. Wenn sie zur Schule ging, mußte sie den Marktplatz überqueren und auf dem Nachhauseweg ebenfalls. Manchmal ließ der Wind die Zweige sanft hin und her schaukeln, und Lisa hatte dann immer das Gefühl, daß der Baum ihr freundlich zunickte. Sie hatte ihn sich sehr genau angeschaut und versucht, alle Lichter, Glocken und Kugeln zu zählen. Dabei hatte sie jedoch eine Glocke übersehen, denn die war so klein und hing so versteckt ganz oben in den Zweigen, daß niemand sie sehen konnte. Diese Glocke war zwar viel kleiner als alle anderen, dafür aber besonders schön. Ihre Farbe schimmerte in einem warmen Goldton, und sie hing an einem dunkelroten Samtband, das am Rand kunstvoll bestickt war. Keine der anderen Glocken nahm sie wahr, weil sie so klein war, und keine hätte erklären können, wie sie in diese luftige Höhe gekommen war. Unser kleines Glöckchen wußte es ja selbst nicht. Seit es denken konnte, hatte es in einer dunklen Schachtel gelegen. Und plötzlich – es wußte gar nicht, wie ihm geschah – wurde es aus der Schachtel herausgenommen und in großer Höhe an seinem Samtbändchen an den Baum gehängt. Es erinnerte sich nur noch an einen Mann auf einer Leiter und zwei große Hände. Als es nach unten schaute, bekam es einen riesigen Schreck. Es hing so hoch, daß ihm schwindelig wurde, und es hatte ein bißchen Angst herunterzufallen.

Nach einer Weile bemerkte es, daß man aus dieser Höhe einen besonders guten Ausblick hatte, und neugierig beobachtete es das Geschehen auf dem Marktplatz. Dabei fiel ihm ein kleines Mädchen auf, das jeden Tag zweimal an dem Weihnachtsbaum vorbeiging. Es hatte flachsblondes Haar, das zu einem dicken Zopf geflochten war und wunderschöne dunkelblaue Augen, die jeden Tag andächtig auf dem Baum ruhten. Nachdem es eine Weile dort gestanden hatte, wobei es das Köpfchen leicht schräg hielt, hopste es fröhlich weiter, die rote Schultasche fest an sich gedrückt. Oft schaute das Glöckchen zu dem Kind hinunter und versuchte, sich bemerkbar zu machen. Aber sein Läuten war so zart und leise, daß Lisa es nicht hören konnte.

Das Glöckchen fühlte sich einsam. Es hatte keine Lust, nach einigen Wochen erneut in der dunklen Schachtel zu landen, wo es wieder ein ganzes Jahr würde verbringen müssen. Wenn es doch nur hinabsteigen könnte zu dem kleinen Mädchen! Es würde dann so lieblich bimmeln, wie es nur konnte, und es war sicher, daß sich das Kind sehr freuen würde. Wie aber sollte es hinunterkommen? Das Glöckchen überlegte stundenlang, und plötzlich kam ihm eine Idee. Freundlich lächelte es dem Engel mit den goldenen Haaren zu. Er saß ja oben auf der Spitze, ganz in seiner Nähe. Dann schwang es hin und her und bimmelte so laut, wie es nur konnte. Verwundert schaute der Engel zu ihm hinab. Es war doch im Moment windstill, wieso konnte da ein Glöckchen läuten?

Das Glöckchen nahm seinen ganzen Mut zusammen und strahlte den Engel an.

„Darf ich dich mal etwas fragen?", rief es so laut wie möglich.

Der Engel beugte sich herunter. Er konnte das Glöckchen nur mit Mühe verstehen, und was er hörte, war kaum mehr als ein Wispern. Der Engel beugte sich noch weiter herunter.

„Ich möchte dich was fragen", wiederholte das Glöckchen und schrie sich dabei fast die Seele aus dem Leib. Über das schöne, blasse Gesicht des Engels huschte ein belustigtes Lächeln.

„Was willst du von mir?" fragte er mit sanfter Stimme.

„Es gibt da ein Mädchen mit einem blonden Zopf und einer roten Schultasche. Die Kleine sieht so lieb aus, und jeden Tag steht sie zweimal vor dem Baum und schaut ihn sich ganz genau an", brüllte das Glöckchen. Der freundliche Blick des Engels machte ihm Mut fortzufahren. Es holte tief Luft und rief: „Ich wünsche mir so sehr, bei diesem Mädchen zu sein. Ich glaube, es würde sich über mich sehr freuen."

„Das kann schon sein", lächelte der Engel. „Und was wolltest du mich fragen?"

Dem Glöckchen tat schon der Hals weh, aber es schrie tapfer weiter.

„Wenn es wieder vor dem Baum steht, könntest du dann wohl zu mir kommen und mich von dem Zweig losmachen? Und würdest du mich dann bitte hinunter in den Schnee werfen?“ Es machte eine kurze Pause. „Aber ganz vorsichtig, damit ich mir nicht wehtue“, fügte es etwas leiser hinzu.

Es spürte, wie die Baumkrone sachte bebte und sah, daß es vom Lachen des Engels kam. „Er lacht mich aus“, dachte das Glöckchen und wurde ganz traurig.

„Na, du bist mir ja ein mutiges kleines Ding“, lachte der Engel. Ängstlich schaute das Glöckchen nach oben und blickte in die gütigen Augen des Engels. Zaghaft lächelte es.

„Und wer so mutig ist, der soll auch dafür belohnt werden“, fuhr der Engel schmunzelnd fort. „Ja, ich helfe dir. Wenn das kleine Mädchen wieder da ist, dann bimmelst du so fest du nur kannst. Dann werde ich zu dir herunterklettern und dein Bändchen von dem Zweig lösen. Aber ich warne dich: Wenn du unten bist, und die Kleine findet dich nicht, dann kann ich dir auch nicht mehr helfen. Ich kann dich nicht wieder hochholen.“

Das Glöckchen strahlte den Weihnachtsengel dankbar an.

„Das ist lieb von dir. Ja, genau so machen wir es.“ Die Stunden vergingen, es wurde langsam Abend. Es war dunkel und kalt, und das Glöckchen wußte, daß dies seine letzte Nacht auf dem Weihnachtsbaum sein würde. Vor Aufregung konnte es kaum schlafen und bimmelte immer wieder nervös vor sich hin.

Am nächsten Morgen war es so weit. Auf dem Weg zur Schule blieb Lisa wie üblich vor dem Baum

stehen. In der Nacht hatte es geschneit, und das Glöckchen hatte schon Angst, daß seine Bettdecke aus Schnee so dick sein könnte, daß der Engel sein Bimmeln und Rufen nicht hören würde. Aber es ging alles gut. Kaum hatte das Glöckchen Lisa erspäht, schwang es wie wild hin und her und brüllte nach dem Engel. Dieser kletterte geschickt an den Zweigen hinab und war bald bei dem Glöckchen angelangt.

„Schnell, schnell!“ rief das Glöckchen atemlos, „sonst ist sie weg.“

Es spürte, wie das Bändchen vom Zweig gelöst wurde, und plötzlich bekam es Angst. Der Baum war so hoch. Was, wenn es bei dem Aufprall in tausend Stücke zerbrechen würde? Gerade wollte es dem Engel sagen, daß es sich die ganze Sache noch einmal überlegen müßte, als es in hohem Bogen vom Baum geschleudert wurde.

„Viel Glück!“ hörte es den Engel rufen, und es fiel und fiel.

Der Engel konnte gut zielen, denn das Glöckchen landete mit einem kleinen Plumps direkt vor Lisas Füßen im weichen Schnee. Das Kind bückte sich und griff neugierig in das kleine Loch, das das Glöckchen im Schnee hinterlassen hatte. Mit einem freudigen Aufschrei fischte Lisa es an dem Samtbändchen heraus. Was für ein wunderschönes Glöckchen das war! Lisa jubelte und preßte es liebevoll an ihre Wange. Das Glöckchen wußte gar nicht, wie ihm geschah, und einen Moment war es ganz stumm vor Glück.

„Du sollst von jetzt an mein Talisman sein“, flüsterte Lisa liebevoll. „Ich will dich immer bei mir tragen.“ Und dann drückte sie einen Kuß auf das Glöckchen, das darauf freudestrahlend zu bimmeln begann.

Inhalt

SUSANNA PIONTEK, geboren in Polen, studierte Sprachlehrforschung, Amerikanistik und Geschichte an der Ruhruniversität Bochum. Ausbildung an einer Journalistenschule zur Rundfunkredakteurin, Tätigkeit als Sprecherin, Literatur- und Sachbuchkritikerin für den Hörfunk, Vorleserin und freie Autorin.

GUY STERN ist emeritierter Professor für Germanistik an der Wayne State Universität in Detroit, Michigan. Er ist Verfasser zahlreicher Bücher und Aufsätze über die deutsche Literatur des 18. und 20. Jahrhunderts und wurde mit dem Großen Bundesverdienstkreuz und der Goethe-Medaille ausgezeichnet.

ANNE KARGE, Studium der Bildenden Kunst und Germanistik an der Universität Koblenz-Landau, Abteilung Landau, seit 2000 regelmäßige Ausstellungstätigkeit, im Frühjahr 2004 Stipendiatin für neue Medien an der École Supérieure d'Art in Lorient, Frankreich, Referendarin für das Lehramt an Real- und Gesamtschulen.

MATHIAS JUNG ist Autor einer Vielzahl von Büchern. In seiner Funktion als Psychotherapeut ist er häufig Gast in verschiedenen TV-Sendungen. Er arbeitet als Philosoph und Therapeut am Gesundheitszentrum Dr.-Max-Otto-Bruker-Haus in Lahnstein.